射击成就了我，
我也用我的热爱对它负责。

奥运射击冠军杨倩

一"击"惊人

天涯 \ 著

宁波出版社

引 子

北京时间2021年7月24日上午,在东京朝霞射击场,有两名首次参加奥运会的年轻中国选手在射击女子10米气步枪项目中,与其他各国选手争夺决赛资格,她们分别是出生于1998年的王璐瑶和"00后"杨倩。

中国射击队是一支有着光荣历史的荣誉之师,在历届奥运会上都担任着摘金夺银先头部队的角色。翻开成绩榜单,从1984年洛杉矶奥运会许海峰射落首枚金牌,到王义夫在雅典奥运会创造历史,以及朱启南、杜丽、贾占波、易思玲等涌现出一大批为国争光的名将。女子10米气步枪项目是中国射击队的传统优势项目,在2004年雅典奥运会和2012年伦敦奥运会上,杜丽和易思玲就分别为中国军团在该项目上夺得首金,但在举世瞩目的2008年北京奥运会和2016年里约奥运会上遗憾错失首金。

这次,带领杨倩和王璐瑶参赛的是国家队带训教练葛宏砖。对这两位年轻选手,葛宏砖寄予厚望。王璐瑶于2016年首次代表中国参加亚洲气步枪锦标赛,即夺得女子10米气步枪个人和团体两项冠军，并打破该项目的个人和团体的世界青年纪录。2017年，她又获得全运会该项目的团体金牌和个人银牌，同年进入国家集训队。2019年，她拿到慕尼黑世界杯银牌。本赛季初，王璐瑶便在大循环的选拔赛中脱颖而出，以总分第二的成绩，与杨倩一起获得奥运会参赛资格。而年纪更小的杨倩，在2019年第十四届亚洲射击锦标赛中获得女子气步枪60发个人金牌。2020年，她在全国射击冠军赛上获混合团体赛金牌和女子气步枪60发个人金牌。随后在国家射击队东京奥运会选拔赛四站比赛中，杨倩连夺4个10米气步枪冠军，实力不容小觑。

东京奥运会射击女子10米气步枪项目共分为资格赛及决赛两个阶段，资格赛阶段每人各打60发子弹，分6组打完，资格赛成绩最好的8名选手进入决赛。

当天上午七点半，在率先进行的资格赛中，共有50名选手参赛。比赛开始，杨倩前两发成绩分别为10.7环、10.5环，开了个好头。前10发打完，杨倩的发挥较为稳定，但排名也长时间在晋级线上下徘徊。60枪打完，杨倩最终成绩为628.7环，排名第六，晋级决赛。而王璐瑶由于开始几枪的状态不算很好，虽然后面逐渐找到感觉，但仍以625.6环位列第十八，无缘晋级。资格赛中成绩最好的选手是来自挪威的赫格，她打出了632.9环的成绩。

这样一来，独身闯入决赛的杨倩成为争夺首金的唯一希望。

引子

决赛开始了。你一枪,我一枪,赛场上枪声此起彼伏,选手们你追我赶,赛况异常激烈。

第一组射击后,杨倩暂时排在第五。第二组5发子弹后,杨倩以104.7环的成绩冲到第一。之后几枪,她的名次在第一和第二之间徘徊。杨倩的表现很完美。她冷静、沉着,不像是个初次参加奥运会的选手。

竞争越来越激烈,最后场上只剩下两位选手,杨倩和俄罗斯运动员加拉希娜,奥运首金将在两人中产生。

高手对决,输赢只在毫厘之间。

此刻,杨倩这位21岁的姑娘微闭着眼睛,调整自己的呼吸,按捺住紧张的情绪。耳塞屏蔽了现场杂音的干扰,她记得教练说过的话,即便身处万众瞩目的奥运赛场,也要当作是在平时的训练场,放松心情,一枪一枪去打。她深吸一口气,又缓缓吐出,细长的手指搭在枪支冰冷的扳机上,屏声静气,让自己与手中的枪融为一体。灯光下,做过修饰的粉色指甲提醒着观众她的青春与美丽。

等待,等待,等待最佳击发时机。

还剩两枪,加拉希娜率先打出了10.8环。杨倩明亮的眼睛里有锐光闪过,随着一声清脆的枪声,她的成绩出来了,10.7环。加拉希娜仍领先杨倩0.2环。

无论是在现场,还是电视机前、网络上,所有关注这场比赛的观众,胸腔里那颗跳动的心似乎被一只无形的手给提了起来,忍不住猜测:决定奥运首金荣耀归属的最后一枪,会不会来个惊天大逆转?

身在其中的杨倩神思也被这倏然而来的压力晃了一下,心湖微起波澜。她好想打好这定乾坤的一枪啊!瞬息万变的奥运赛场,没有那么多时间可以让运动员出神。

最后50秒,双方将一决高下。

时间在一秒一秒地过去,凝神,屏住呼吸,瞄准。

巅峰对决,势均力敌,胜败一线之间,巨大的压力,非亲身体会不能言说。

这是实力的比拼,更是精神的较量。

世界在那一刻突然安静下来。显然,加拉希娜比杨倩更紧张,她把枪端起来瞄准了一下,然后稍做停顿,开枪。紧接着,杨倩手中的枪也响了,子弹呼啸着射向10米处的枪靶。

当杨倩扣动扳机那一刻,她已意识到自己错过了最佳击发时机,心里有那么一点不太好的感觉,9.8环,失误了。杨倩有些沮丧,她没有去关注对手的成绩,而是安慰自己,虽有遗憾,但第一次参加奥运会能拿块银牌也不错。她不知道,当她的最后一发成绩出来,"9.8环,杨倩赢了"的消息已迅速通过电视、网络传播开来。

取下耳塞,杨倩忽听到背后传来的欢呼声,她扛着枪,有些迷茫地转过身,发现看台上那面熟悉的五星红旗在不停地舞动着,教练和队友们激动地向她挥手。

她赢了？这时，杨倩才看到对手最后一枪的成绩，8.9环。原来，幸运女神站在自己一边，她以251.8环的成绩夺得金牌，成为东京奥运会首枚金牌的获得者，同时也创造了新的奥运会纪录。杨倩笑了，她高高地举起枪，开心地向观众挥手致意。

杨倩站上了最高领奖台。国歌奏响，仰望冉冉升起的五星红旗，她心潮澎湃。作为一名运动员，再没有比自己能代表祖国站在国际赛场最高领奖台上，更让人骄傲和自豪。作为一名首次参加奥运会的"新兵"，抱着重在参与的心态来到奥运赛场，她确实没想到自己能拿奖牌，更何况还是首金。在资格赛后，她顺利晋级决赛时，也不敢有这样的念头，只盼着不要第一个被淘汰。直到进了前三，她才有了"非分之想"。决赛中，她在10发子弹后以104.7环排名第一。之后，她与加拉希娜交替领先。根据决赛的规则，先进行两轮各5发的射击，10发子弹过后，每两发子弹淘汰一名选手。随着时间的推移，赛场上只剩下她和俄罗斯选手加拉希娜，她们两人的发挥都很稳定，这冠军的悬念也就被保留到最后一枪。谁都明白争夺首金的运动员身上背负着巨大压力，她自然也清楚。也许是初生牛犊不怕虎，她赢了，首金属于中国。

从10岁到21岁，10多年的寒暑勤苦练，今朝一"击"惊人天下知。面对全世界，领奖台上的杨倩笑眯眯地用一个可爱的"比心"动作引爆全网。

这次你在赛场上表现出来的高昂斗志、坚韧意志、精湛技能，生动诠释了奥林匹克精神，充分展现了新时代鄞州精神，必将激励家乡人民坚定不移当标兵、攀新高，干好"一三五"、当好领跑者、挺进首位区，为实现第二个百年奋斗目标作出更大贡献！

这是宁波市鄞州区委、区政府写给杨倩的贺信。读着贺信，杨倩对自己说，奥运首金不是句号，而是一个全新的起点！

7月27日，东京朝霞射击场再次传来捷报，杨倩和杨皓然组合在10米气步枪混合团体决赛中以17比13的成绩击败美国组合夺金。这是杨倩的第2块个人奥运金牌，也是中国射击队在东京奥运会上收获的第3枚金牌。

没有人知道，杨倩的第2块金牌拿得有多艰难。

由于夺了首金，当杨倩出现在10米气步枪混合团体资格赛现场，她受到了裁判额外的"关照"，裁判一直"紧盯"着她不放。杨倩就算内心再强大，也受不了这样的"注目"，她浑身不自在。裁判的干扰对她造成了一定的影响，幸好她最后顶住了压力，进了决赛。

决赛刚开始，杨倩似乎没有完全进入状态，发挥一般，葛宏砖教练看到这种情况，喊了一次暂停。他让杨倩不要有什么想法："反正不是金牌就是银牌，大不了得银牌，你好好打。"

杨倩放松下来，平复心绪，越打越稳，终于如愿将金牌收入囊中。

仿佛一夜之间,土生土长的宁波姑娘杨倩成了"顶流"运动员,她的微博一下子涌进来300多万粉丝,抖音账号涨粉900多万,一举一动受到了从未有过的关注。

与此同时,随着举重运动员石智勇在东京奥运会上"一举"夺魁,汪顺获得男子200米个人混合泳金牌,小将管晨辰在女子体操平衡木决赛中完美摘金,宁波这座低调的东南沿海港口城市迎来了奥运"五金城"的赞誉。

都说一方水土养一方人,奥运"五金城"宁波究竟是座怎样的城市?

现在,让我们穿越7000年时光风云,去寻找这块土地沉积的历史;寻找这座城市最初的脉动;寻找书藏古今、港通天下的底气;寻找东京奥运会首金获得者杨倩的成长轨迹;寻找成功背后的密码与今日奥运"五金城"精神、气质的关联……

目　录

第一章　岁月沉浮书香绵 … 001

第二章　那一场 2000 多年前的赛事 … 011

第三章　鄞南,希望的田野 … 021

第四章　梦与桥的隐喻 … 029

第五章　杨家有女名为倩 … 037

第六章　无忧的童年底色 … 045

第七章　年少时光的美好片段 … 053

第八章　　　命运打开了一道门 … 061

第九章　　　开启新的征程 … 071

第十章　　　在静与动之间穿梭 … 081

第十一章　　那个外号叫"亲爹"的男人 … 091

第十二章　　北京，我来了 … 101

第十三章　　用汗水丈量成功的距离 … 111

第十四章　　有梦想的人生才精彩 … 121

第十五章　　隐现峥嵘的日子 … 129

第十六章　　每一次都是全新的开始 … 139

第十七章　　纷纷扬扬的雪 … 147

第十八章　　难忘的军训 … 157

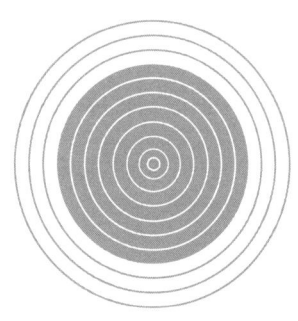

第十九章　　走在通向奥运的路上 … **167**

第二十章　　闪耀东京 … **179**

第二十一章　　从奥运走向全运 … **191**

第二十二章　　未来可期 … **202**

代后记:那一位名叫杨倩的佛系女孩 … **211**

第一章　岁月沉浮书香绵

穿越时光隧道

先贤们在月光下谈古论今

沉浮的岁月里

寻一座城千年文脉的踪迹

穿越时光隧道,来到7000年前的河姆渡,我们可以发现,脚下的这块土地上有先民在繁衍生息。他们逐水而居,为了生存,钻木取火,用石锛、石斧等原始工具上山伐木,搭建居所;他们捕猎野生动物,驯服幼兽,尝试家养;他们"刳木为舟,剡木为楫"(《易经·系辞下》),让舟作为生产与生活的交通工具;他们划着独木舟于湖泊江河,一网撒下去,希望也跟着潜入水底;他们以偶蹄类动物的肩胛骨为耜,推耜入土,种植水稻和农作物;他们日出而作,日入而息,以母为尊。

岁月如梭,沧海桑田也不过是转瞬之间。到了公元前2000多年的夏代,这块土地被称为"鄞",春秋时为越国境地。至于"鄞"这个地名的由来,据《鄞县志》记载:"鄞因赤堇山而得名,堇加邑(阝)为鄞。"

任何一座城市都不是一朝一夕就能拔地而起,万物皆有一个演变的过程。宁波也如此,在它被命名为"宁波"前,我们可以通过一条历史埋下的线索,找到它前世的踪迹。

从历史沿革来讲,鄞县是宁波的前身,是至今全国少有的沿袭两千多年古县名的区(县),也是古明州港(宁波)的发祥地,中国古代"海上丝绸之路"的起点之一。

秦始皇二十五年至二十六年(公元前222年~公元前221年),甬江流域置句章、鄞、鄮三县,隶属于会稽郡。

其中秦汉时期至隋代的古鄞县县治所在地就在今奉化区西坞街道白杜村城山南侧。鄞县的范围大致包括今鄞州区东部、北仑区、奉化区、舟山市、宁海县东北部及象山县一带。当今日三江口还是一片荒涂之际,白杜村城山一带早已海陆商贾云集,车马喧阗,呈现出一派繁华景象。

到了唐开元二十六年(738年),江南东道采访使齐澣向玄宗皇帝上奏,"以境内四明山为名",请求设立明州,辖慈溪、奉化、镇海、定海、象山五县,州治鄮县,属浙江东道。

这是宁波独立建州的开始。

唐长庆元年(821年),作为州治的小溪镇显然已跟不上时代的发展,当时的浙东观察使薛戎在征得皇帝的同意下,将明州州治搬迁到三江口,并建子城,而小溪镇改为鄮县的县治。据南宋《宝庆四明志》里的一张府治图可以看出,设计的新州府"周回四百二十丈,环以水",明州子城的大概范围:东起今蔡家巷,南至中山路,西沿呼童街,北到公园路,周长近1400米。子城的东、南、西、北,各设一座城门。子城是历代官府的衙署驻地,也是权力的象征之地,居住在城内的都是官员,而百姓都住在城外,一条护城河划分了森严的等级。

唐末乾宁年间,刺史黄晟见明州地处险要,可由于没有城郭,百姓常受盗寇骚扰,苦不堪言。于是根据明州地形,沿今望京路、长春路、灵桥路、东渡路、和义路、永丰路一圈建城护民,并将该城池称为"罗城"。"罗城周回二千五百二十七丈,计十八里。奉化江自南来限其东,慈溪江自西来限其北,西与南皆它山之水环之。"

从此,明州古城形成了以子城为内城,罗城为外城的基本格局,为宁波千余年来的发展奠定了基础。

将明州正式改称为宁波,是在明洪武十四年(1381年)。为避国号讳,明太祖朱元璋采纳鄞县人单仲友的建议,取"海定则波宁"之意,将明州府改称宁波府。从此,宁波成了这块土地的新名字,并一直沿用至今。

宁波自开埠以来,工商业一直是这座城市的一大名片。闻名世界的宁波帮,更是将"宁波"两字擦得锃亮。新中国成立以后,宁波在社会、经济、文化等方面取得了很大进步,城市面貌日新月异。特别是改革开放以来,宁波的经济持续快速发展,显示出巨大的活力和潜力。

如果说城市也有标签,那么"历史文化名城"和"工商业城市"是宁波最显眼的两张标签,于是就有了"书藏古今,港通天下"这句带着足够自信与底气的宣传语。

这份自信与底气,来自这座城市千年文脉的传承。

翻开史书,到天一阁来一场穿越时空的聚会。

你看,凌烟阁二十四功臣之一的虞世南走了出来。他是越州余姚(今慈溪)人,善书法,与欧阳询、褚遂良、薛稷合称"初唐四大家"。其所编的《北堂书钞》被誉为唐代四大类书之一,是中国现存最早的类书之一,原有诗文集三十卷,但已散失不全,很是可惜。民国时,由张寿镛辑成《虞秘监集》四卷存世。

北宋庆历七年(1047年),王安石满怀济民之志,风尘仆仆来到鄞县,担任知县一职。上任后,王安石忙着兴修水利,第二年又创建县学,他专门致书聘请"庆历五先生"之一的慈溪大隐(今余姚)大儒杜醇为师。第一次,杜醇拒绝了。王安石不肯放弃,再次诚恳去信。杜醇被他的诚意感动,终于答应赴任。于是,在罗城的北门——今永丰门这里,留下了王安石延师办学的千古美谈。同年,慈溪建县学,知县林肇又聘杜醇为师。后世有"鄞、慈两县学风之盛自醇始"的说法。另四位先生杨适、楼郁、王致、王说或开办书院,或执县学、郡学讲席,长期从事教育事业,致力于儒学传播,民生教化,是当时明州地区教育和学术的中坚。一脉书香就此弥漫,流经千年依然不衰。

月光下,南宋官员、经史学者王应麟手里拿着一本《三字经》正在仰望星空。他是鄞县人,为人正直敢言,这样的性格在官场绝对吃亏。果然,由于屡次冒犯权臣丁大全和贾似道而遭罢斥,他干脆就辞官回乡,一心一意著述二十年。王应麟与胡三省、黄震并称"宋元之际浙东学派三大家"。

宁海人方孝孺来了,他是明朝大臣、学者、文学家、散文家、思想家。这位方大人因其故里旧属缑城里,故称"缑城先生",又因他在汉中府任教授时,蜀献王赐名其读书处为"正学",亦称"正学先生"。

方孝孺自幼聪明好学、机警敏捷,长大后拜大儒宋濂为师,为同辈人所推崇。明洪武三十一年(1398年),明太祖死,惠帝即位后,即遵照太祖遗训,召方孝孺入京委以重任,先后让他出任翰林侍讲及翰林学士。燕王朱棣誓师"靖难",挥军南下京师。惠帝亦派兵北伐,当时讨伐燕王的诏书檄文都出自方孝孺之手。明建文四年(1402年)6月,燕王进京后,文武百官多见风转舵,投降燕王。朱棣即位后,请"读书种子"、第一大儒方孝孺为他起草登基公告,被思想正统、忠于前皇的方孝孺拒绝。朱棣就威胁他,不听话要灭九族,他就来一句,灭十族也不答应。结果,十族被灭。

方孝孺的政论文、史论、散文、诗歌俱佳,绝大部分收录在《逊志斋集》中,其中的《蚊对》《指喻》《越巫》《鼻对》《吴士》《越车》等,都有其特色。《明史》记载:"方孝孺,工文章,醇深雄迈。每一篇出,海内争相传诵。"《四库全书总目》评其文章:"纵横豪放,颇出入东坡、龙川之间。"此外,方孝孺还著有《周礼考次》《大易枝辞》《武王戒书注》《宋史要言》《帝王基命录》《文统》等。

前方,那缓缓走来的清瘦男子是谁?

噢,原来是阳明先生。他的名气太大了,是中国历史上罕见的全能大儒,明代著名的思想家、哲学家、文学家和军事家。陆王心学之集大成者,不但精通儒家、佛家、道家经典,还能统军征战,接连平定南赣、两广叛乱及朱宸濠之乱,获封新建伯,成为明代凭借军功封爵的三位文臣之一。他创立了"姚江学派",以"心即理、知行合一、致良知"层层递进的哲学内容,构成了王阳明的学术体系——阳明心学。至今,倡导"知行合一""致良知"的阳明心学仍有众多的追随者。

历史上,有关王阳明有一个非常著名的事件,即"阳明格竹"。

王阳明从小就与众不同,别的孩子读书是为了做官,而王阳明读书则是为了做圣贤。所以当王阳明学习了程朱理学后,便和朋友相约去格竹子中的理。他的朋友先对着竹子格了几天,最终病倒了。王阳明以为是朋友悟性太差,于是自己对着竹子坐着格,他比朋友多格了几天,也大病一场。王阳明始终想不明白,这竹子与伦理道德有什么关系。

后来,王阳明因为上疏弹劾刘瑾,被贬到了贵州龙场驿,那个地方非常荒凉。王阳明没有灰心失望,他开始日夜苦思:如果是圣人到了这个境地,他会怎么做呢?终于有一天,他悟出了"心即理"的道理,史称"龙场悟道"。

那么,到底什么是"心即理"呢?王阳明说,朱熹错了,人类的伦理道德与自然界的规律完全无关,道德只与我的本心有关——我真心喜欢、赞成的事,就是善;我真心憎恶、厌弃的事,就是恶。这就是"心即理"!因此,我本来就知道什么是善,什么是恶,这就是良知。任何人都有良知。

还有一次,王阳明抓到一个贼,他让贼把身上的衣服都脱掉,贼一件一件脱,最终只剩一条内裤。王阳明让他继续脱,他怎么都不肯脱了。王阳明说,虽然你做了贼,但也知道当众裸露是很羞耻的,这就是你的良知。

创立浙东学派,与顾炎武、王夫之并称"明末清初三大思想家"的黄宗羲也前来赴约。他有经学家、史学家、思想家、地理学家、天文历算学家、教育家等诸多头衔。他学问渊博,思想深邃,一生著述50余种,300多卷。

黄宗羲还提出了"工商皆本"的思想,这或许就是宁波帮能成为中国十大商帮之一的其中一个原因。同理,宁波能成为著名的"院士之乡",谁又能否认没有受"经世致用"的理念影响?

黄宗羲还没有坐下,清初著名史学家万斯同到了,他朝黄宗羲恭恭敬敬行了一个学生礼,又朝阳明先生等人行礼。这位也是个极有个性的学者,以布衣身份修《明史》,前后十九年,不署衔,不受俸。

随后到场的是浙东学派另一位重要代表,鄞县人全祖望。他也当过官,后来辞官回乡做学问。在学术上,他推崇黄宗羲的"经世致用"之学,并受万斯同的影响,注重史料校订,精研宋末及南明史事,留心乡邦文献。他曾续修黄宗羲《宋元学案》,博采诸书加以补辑,成书百卷,又七校《水经注》,三笺南宋王应麟《困学纪闻》,所著的《鲒埼亭集》,收明清之际碑传极多,极富史料价值。

大家相互招呼,坐下来品着香茗,阐述各自的学术见解。

"对不起,老夫来迟了。"天一阁主人范钦快步走了过来,他刚得了几本《军令》《营规》《大阅览》《国子监监规》《武定侯郭勋招供》等属"内部资料"性质的官书,翻着忘了时间。

"范大人来了,今日叨扰了。"阳明先生笑着说。

"哪里,哪里,你们能来,天一阁蓬荜生辉。"范钦边作揖边说。

在宁波,天一阁是特别的存在。这座中国最古老的藏书楼已有400多年历史,是宁波文化地标之一。它的主人范钦是明代著名藏书家,曾官至兵部右侍郎,一生喜爱藏书。为了保护数万卷珍贵藏书,他订立了严格的族规,世代子孙严格遵循"代不分书,书不出阁"的遗教。他临终时,把家产分为两份。一份是白银万两,一份是天一阁及数万卷藏书。后由长子范大冲继承了天一阁,并遵祖训,从而有效防止了藏书的散失。后来,因年代过于久远,再加上战争、偷盗、掠夺等多种变故,很多珍贵藏书消失不见。到1940年,阁内的藏书仅存1591部,共13038卷,令人痛惜不已。

这些名重史册的大儒们欣慰地看着这一条传承千年的文脉,在今日的宁波依然生机盎然。

"范大人,天一阁现藏书几何?"万斯同关心地问。

"哈哈,天一阁现藏珍版善本有 8 万多卷。"范钦笑着说。他没想到历尽劫难,天一阁还能重获新生。书香宁波,名不虚传。

"好一个书藏古今。"全祖望摸着胡子,摇晃着脑袋说。他想起"居家十载"潜心学术研究时期,仿如昨日。文字,确实比他们更长久地留在这个世上。

摊开的史书,被一双手轻轻合上。先贤们的身影消失在岁月的长河里,但他们的精神和思想,犹如滔滔江水,延绵百年千载,润泽后世,开出一朵朵绚烂的花,结出丰硕的果实。

第二章　那一场 2000 多年前的赛事

是谁在战国的铜钺上
刻下你们矫健的身姿
让一场酣畅淋漓的赛事
荣耀至今

在东京奥运会之前，宁波的体育事业似乎不那么引人注目，毕竟经济和文化是主打，但随着奥运首金的"射落"，人们把关注的目光投向了体育运动，才发现这座城市在2000多年前就已经有龙舟赛。

不信？请移驾宁波博物馆，那里馆藏了一件战国时期的羽人竞渡纹铜钺，金黄色，高9.8厘米，刃宽12.1厘米。1976年12月，鄞县甲村公社郑家埭第三生产队社员在开挖河道时发现此物，虽隔了2000多年，却依然有光泽，锋利如新。1991年10月，浙江省文物鉴定委员会专家鉴定其为一级文物。

这件羽人竞渡纹铜钺，反映了宁波先民龙腾虎跃、劈波飞渡的奋发进取精神，是宁波海上丝绸之路的标志性文物。可谁又能否认，此物是那场赛事最好的证明？

来看这件珍贵的铜钺，身呈"风"字形，一面素面无纹，另一面铸有边框，框内上方为龙纹，双龙昂首相向，前肢弯曲，尾向内卷，下部以弧形边框线为舟，上坐四人成一排，四人皆头戴高高的羽毛冠，身体前倾，双手持桨作奋力划船状，动作整齐划一，羽冠的羽毛似乎迎风飘扬，这是已发现的宁波最早的划桨水上运动图案。

这羽人竞渡纹铜钺上的图案信息量极大。先来说说这舟和上首的两条龙。宁波古属百越民族之一的"于越",越人地处水乡泽国,境内河流纵横,出行多划舟,以舟代车。《吕氏春秋·贵因篇》载:"如秦者,立而至,有车也。适越者,坐而至,有舟也。"

那时候古人还没有掌握复杂的造船技术,只能把整块木头对半剖开,保护部分涂上一层湿泥,然后用火烘烤加工面,接着用石器把炭化的部分砍凿下来,再剜挖修整成形,制作独木舟。在余姚河姆渡遗址出土的大量文物中,木桨就有8支,用原木制作,做工精细,样式跟现在的木桨差不多,只是形体稍微小一些,而2002年在杭州萧山跨湖桥遗址中发掘出土了迄今发现的世界上年代最早的独木舟。想想我们的祖先在8000年前就已经学会了驾舟而行,他们捕捞范围已不只是在附近水域,还有近海,他们开启了最早的航海活动,让人油然而生一种自豪感。

古代的百越民族以龙为图腾,表示他们是"龙子"的身份,独木舟以蛟龙为图腾,"龙舟"之名就这样来的吧?

舟介绍好了,那么铜钺上的"羽人"又是咋回事?这跟百越民族对"鸟神"的崇拜分不开,自称"大越鸟语之人"。这一点从河姆渡遗址出土的"鸟形盉""圆雕鸟形象牙匕""双鸟朝阳象牙蝶形器""鹰形陶豆"等文物中得到佐证。对越人来说,这是一种信仰。越人因崇鸟尊鸟而仿鸟,《吴越春秋》讲述继承越王事业者,作"鸟禽呼",《史记·越王勾践世家》中,勾践被称为"长颈鸟喙"的模样,许多越王刀剑上都刻有"鸟篆文",而那些头插羽毛、身披羽毛的仿鸟人,则被称为"羽人"。

古老传统节日的起源与上古原始信仰、祭祀文化及天象、历法等人文与自然文化内容有关。我们都知道端午吃粽子和赛龙舟是为了纪念屈原,但可以肯定,在屈原投江之前,龙舟竞渡的习俗早已盛行于吴越之地。《述异记》中叙述:"吴王夫差作天池,池中有龙舟,日与西施为水戏。"那时候将粽子投入江河里是为了祭祀龙神,而竞渡用龙舟,也为了表明自己是"龙子"的身份。

这是一场盛大的图腾祭。

端午,晴空万里。

宽阔的江面上,一排刻有蛟龙图案的龙舟正整装待发。每条龙舟上有四位身强力壮的小伙子,每个人手中执着一支木桨。岸边,供桌摆起来了,桌上是各式祭祀之物,负责祭祀的是当地德高望重的长者。

清香点燃,念祭文,众人跟着长者跪地叩拜,以谢天地神灵、祖先恩德。

接下去,进入祭龙仪式的重要阶段。

随着急促的锣鼓声响起,龙舟划动,比赛开始了。两岸百姓一边把手中的祭品——粽子纷纷投入江中,一边为竞渡的龙舟呐喊助威。

天,突然阴沉下来,起风了。

龙舟上的小伙子们逆流而上,他们弓着身子,齐心协力地划动着手中的木桨,黝黑的双臂上肌肉紧绷,显示着年轻的力量,汗水顺着头上的羽冠流了下来,没法擦,就任其肆意流淌,他们内心只有一个念头:向前划。

渐渐地,一艘又一艘龙舟超过他们,他们竟然成了最后的尾巴。是技不如人吗?不,在比赛没有结束之前,一切皆有可能。

风,越来越大,前方似乎有无数的屏障在阻碍着他们前行。号子从胸腔里吼了出来,一个人、两个人、三个人、四个人,那声音落在江面上,激起朵朵浪花。凝神聚力,一个人变成了四个人,四个人又合成一个人。

速度,速度,速度。

超过去,一艘龙舟,又一艘龙舟,再一艘龙舟。

距离,在快速地缩小,又快速地拉开。

岸边所有人被这艘龙舟上的小伙子们毫不气馁、奋力追赶的拼搏精神感动了,大家不约而同地发出了加油声,响彻云霄。

终于,这艘龙舟第一个抵达终点。

"我们赢了!"小伙子们欢呼着并击掌庆祝,向岸边的民众挥手致意。

此刻,风停了,阳光穿透云层洒在江面上,闪烁的光芒让人睁不开眼睛。

或许是为了纪念从最后一名到第一名的逆袭,有人在铜钺上刻下了这场羽人竞渡的场景,让后人坐上时光机,一起观看和感受2000多年前那沸腾的江面上飞扬的激情。

如今,铜钺的出土地鄞州区云龙镇早已是"中国龙舟文化之乡",云龙镇的"龙舟竞渡"已成为浙江省乃至全国都有影响力的民间文化活动,与那场远去的赛事遥相呼应。

从2000多年前的那条江顺流而下,看宁波体育事业,在润物细无声中早已自成一景。

3万多平方米的山地草坪、11人制的草皮足球场、5000平方米的室内场馆……2021年6月,宁波欢乐海岸生态体育公园启用,占地18万平方米,是目前宁波体量最大、设施最丰富的体育公园。

在宁波,这样的体育公园星罗棋布地分布在城市各个角落。"目前,宁波拥有建成的体育公园70个,总面积达241.7万平方米。"宁波市体育局相关负责人说。

新建大型体育公园,还远远不够。在宁波,每个新建成的小区,都要配备体育设施。

从城市到乡村,随处可见的健身器材,让每个人都能找到运动的乐趣。

你说你不懂如何锻炼?没有关系,宁波市体育局通过网络,组织权威专家和健身达人宣讲普及健身知识,动员教练员和社会体育指导员开展居家"云健身"指导。无论是视频还是文章,总有一款适合你。

竞技体育,如同宝塔上的塔尖。群众体育,是支撑宝塔的基座。为了发现更多的体育人才,宁波市体育局还出台了《竞技体育后备人才社会训练基地实施方案》,授予30家单位"宁波市竞技体育后备人才社会训练基地"称号,利用社会力量全面办训。

看,一个个县(市、区)级全民健身中心、乡镇(街道)级综合性体育健身场馆、村(社区)级多功能运动场所(体育健身广场、健身步道)建起来了。

看,今日宁波已实现"15分钟健身圈"便民体育设施全覆盖,而鄞州先行一步,已完成"10分钟健身圈"的布点。

看,一场场国际、国内赛事,在这块土地上成功举行。"一带一路"国际跑酷大师赛、"一带一路"中国四明山百公里山地户外运动挑战赛、国际马拉松、国际划联龙舟世界杯、斯巴达勇士赛、江南百英里赛道纪录挑战赛、越野挑战赛、中日韩青少年运动会、世界女排大奖赛、亚洲举重锦标赛等,不知不觉中,宁波已成为体育赛事的福地之一。

看,"十三五"时期,宁波市运动员共获得世界冠军49个、亚洲冠军24个、全国冠军172个,创历史新高。2016年里约奥运会上石智勇取得举重69公斤级金牌,实现了宁波奥运金牌零的突破。2017年,在天津全运会上,宁波市运动员获11金13银12铜。2018年,在雅加达亚运会上,宁波市运动员获5金5银4

铜,金牌、奖牌数均创造境外参加亚运会纪录。2019年,省运会上,宁波代表团获得的金牌、奖牌和总分稳居全省第二。

看,这一组组数据。全市体育产业总规模从2015年的284.64亿元增至2019年的625.41亿元,年均增长率为21.75%,增加值从88.41亿元增至193.97亿元,体育产业增加值占GDP的比重从1.1%增至1.61%,高于同期GDP增速。宁波成功入选首批国家体育消费试点城市,获评各类国家级创建5个、省级创建29个,进入国家体育总局体育机构名录库7778家。

从上到下,到处都是体育锻炼的身影。

看,一家家游泳馆里,水花涌动,一道道身影在水中畅游,不由得让人想起那个叫"浪里白条"的好汉。

看,大大小小的公园里,有人迎着晨曦奔跑;有人在风中潇洒舞剑;有人在松沉柔顺中领悟太极的真谛;有人踏着音乐的节拍晃动……阳光洒在他们的脸上,发自内心的笑容,是快乐,是自信,更是对生活的热爱。

宁波体育最新的成绩单,来自2021年9月在陕西举行的第十四届全国运动会。106名宁波运动员参加了22个大项的比赛,摘得20金11银11铜,共42枚奖牌。参赛人数、参加项目、获得金牌数及奖牌数均创下历史新高,金牌数占浙江代表团的四成以上,奖牌数占浙江代表团的三成以上,其中1人2次打破全国纪录、超2项世界纪录,金牌数名列全省第一,在15个副省级城市当中仅次于广州列第二,甚至超过了天津、重庆直辖市代表团,引起外界瞩目。

从上届全运会在5个项目中获9金,到本届全运会在9个项目中获20金,获得奖牌的项目也从9个扩大到15个,宁波运动员的综合竞争力大为提升,项目的基础实力明显增强。重点项目厚积薄发。从游泳、射击、体操、蹦床到拳击、举重、帆船、摔跤、田径、羽毛球,宁波运动员在重点项目中获得16金,并在多个项目中实现历史性突破:羽毛球项目中周昊东/王昶组合为浙江代表团首次摘得全运会男双金牌。袁绍华在自由式摔跤项目中同样为浙江代表团夺取全运会历史首金。女子拳击获得1银1铜,也是宁波运动员在全运会中的历史最佳战绩。场地自行车项目中严炜明与队友夺得团体金牌,也是宁波运动员历史上的第一次。在帆船帆板项目中,闫铮战胜奥运冠军夺金,令人瞩目。在游泳项目中汪顺、余依婷联手拿下10金,在泳池掀起了夺金潮。在U18女足项目中浙江代表团摘银,浙江女足队中有4名队员来自宁波。在U22男篮项目中浙江代表团获得铜牌。还有马术场地障碍赛的团体赛和霹雳舞项目,宁波运动员均获得奖牌。

宁波的奥运选手在全运会中表现依然出色。其中,汪顺一举收获6枚金牌,他个人的全运会金牌总数已有15枚,为全运会历史上夺金最多的运动员。余依婷夺得4金1银,紧随其后。奥运冠军杨倩第一次参加全运会,收获2金1铜。两届奥运冠军石智勇在男子73公斤级比赛中两破全国纪录,两超世界纪录,表现神勇。女子撑竿跳老将李玲,再次在全运会上夺金,殊为不易。蹦床女子团体项目浙江摘得银牌,范心怡、曹云珠等4名主力队员全部来自宁波,还有闫铮、王昶、张欣怡等"00后"小将在赛场上一展风采,体现了宁波竞技体育扎实的后备力量。

奥运冠军杨倩在全运会上点燃主火炬,成为"00后"年轻运动员的代表,在全运会开幕第一天就带给人们惊喜。汪顺作为浙江代表团旗手入场,其帅气和自信,赢得了众多体育迷的称赞。他们的风采体现了宁波运动员的精神风貌。

成绩的背后,凸显宁波竞技体育多元模式的成效。近年来,宁波坚持"开放办体育"的路子,采取省市联办、社会办训等多种方式,布局设点,培养体育后备人才。女子拳击、摔跤、攀岩、马术等项目均采用省市联办、省队市办的模式,霹雳舞采用省市联合组队的模式,在这些项目中,有21名运动员参加全运会,获得3金2银4铜的佳绩。霹雳舞、马术、高尔夫采用社会办训的方式,得到社会资金的大力支持,成效明显。

奥运会勇夺5金,全运会历史最佳,从夏到秋,宁波体育的收获,远不止于金牌。

随着全国群众体育先进单位和个人、体育系统先进集体和个人表彰大会的召开,宁波市体育总会等16个先进集体和14位先进个人获此殊荣,部分代表受到习近平总书记接见。这既是宁波全民健身蓬勃发展的象征,又是这座城市每位参与运动的宁波人的缩影。

第三章 鄞南,希望的田野

向南是烟火人间
是希望的田野
是人文沉淀的大地
是未来可期的品质姜山

从宁波市区出发,一路向南,一小时左右车程,就到了素有"鄞南重镇"之称的姜山镇。

姜山镇历史悠久、人杰地灵,过去是鄞南商贸门户,也是水陆交通枢纽,现在作为首批省级样板创建镇的"优等生",它扼守宁波城南门户,东连云龙镇、横溪镇,南接奉化区,西倚奉化江,北靠首南街道,具有得天独厚的地理条件,是鄞州区传统工业强镇和农业大镇,综合实力位居鄞州区前列。

若在镇上转悠,便会有一种很奇特的感受。夕阳西下之时,站在很有些年份的石拱桥上,看河边埠头洗涤的妇人,停泊在岸边卖花盆和各式缸的船只,倒映云彩的河面,河边那一棵棵倾斜高大树冠的树,你会发现那条沿河而建的老街,似被遗忘的角落,静静沉浸在昔日的繁华之梦中不愿醒来。而老街的尽头,转个弯的主街上,却是另一番景象。热闹、喧哗,充满了人间的烟火味,让你真切触摸到它强劲有力的心跳。

这些年,姜山镇的变化非常大,仅镇容镇貌就可以用"日新月异"来形容。这变化并非因为那一座座林立的高楼,通达的公路,而是由于在这些坚硬的钢筋水泥之外,姜山还有一片多彩广袤的柔软田野,这是它与城市最大的不同之处。

姜山的美既有外在,又有内在。若去看航拍的镜头,姜山的田野,不再是传统意义上的田野,而是纵向与横向的多重延伸。它可以是一个图案,可以是一句话,也可以是斑斓的色块,给人无限的想象空间。

这是一块神奇的土地,流传着很多神话传说。像姜山和茅山这两座山,别看山不高,却大有来历。据说远古的时候,鄞奉交界处的白杜出现了一个巨大的缺口,破坏了宁波的风水,"日进一千,夜出八百"。宁波城隍庙菩萨一心想把这个缺口给补上,就去求玉帝。玉帝就把这事交给太白金星去办,太白金星吩咐大力神负责填山堵缺。大力神请求众仙共同协助,却被燃灯道人讽刺,这么小的事,还要别人帮忙。大力神有些气不过,就暗中偷了燃灯道人的一根灯芯,并趁麻姑不注意的时候,在她头上拔了两根头发丝。他来到灵山领了太白金星之令,见灵山看山狮子在睡觉,就捡了一块它脚下的小仙石,又到太白金星的坐骑青牛的脚下也拾了一块小仙石,用麻姑的头发丝绑好两块仙石,用燃灯道人的灯芯作扁担,趁夜深人静之时,挑着仙石往白杜缺口而去,路过胡家坟村,大力神碰到一个送娘子(旧时在宁波地区提供做媒、婚嫁等各环节服务的从业者),那妇人见一大汉用灯芯草挑着两块石头,好奇地问他,你用头发丝绑石头,灯芯草当扁担,不会断吗?大力神的法术就这样被点破。扁担断成两段,落在鄞奉交界处姜南村应家,就是现在的横山。

两块石头落地,东边一块来自看山狮子脚下的小仙石,形似伏狮,俗称狮山;西边来自青牛脚下的小仙石形如卧牛,俗称卧牛山。两山呈对望状。人们说那个送娘子"勿姜茅",就因为她多嘴,好好的平地上多出来两座山。于是,人们把狮山叫作姜山,卧牛山叫作茅山。

茅山南麓原有始建于后梁乾化二年(912年)的普安寺,可惜20世纪40年代初,一场大火将寺宇烧得只剩残墙断壁,今尚存寺后宋代古井一口。原山门的牌楼名叫"锁翠关云",由四川布政使陈钥题词的"南来第一山"的匾额就悬挂在牌楼下,而"南来第一山"则是清代著名学者全祖望对茅山的美誉。现在此匾额由走马塘古村守护人邬毛银先生收藏。

茅山上有天一阁主人范钦的坟墓,山下有茅山鄞县乡村师范学校旧址。那旧址在昔日的茅山初级中学内,是当年抗日进步组织鄞县乡村师范读书会的主要活动场所。

这里有因出过76位进士而闻名的历史文化名村——"中国进士第一村"走马塘。

走马塘之名称始于唐。据旧志载,唐时,"两浙兵马铃辖张仁皓骑从往来于此,故名之。"

据《陈氏宗谱》载,北宋开宝四年(971年),姑苏陈矜中进士后,于北宋端拱元年(988年)知明州,由于勤政爱民,百姓为他在奉化方桥建庙。陈矜死后归葬茅山。其子陈轩时任明州录事,为父守孝而迁居茅山之阳走马塘,此后陈氏子孙繁衍,耕读传家，渐成鄞南望族。现今存放在宁波天一阁的陈氏家谱，清楚详细地记载了这个家族的千年变迁。

这个小小的村庄，自北宋至明清，陈氏族中进士76名，任职地方官吏161人。陈氏祖先奉荷花为"族花"，告诫后世做人当官应清正廉洁，不随波逐流，以求能流芳百世。即便是白丁，也应洁身自爱。

宋徽宗敕封走马塘为"忠孝里"，宋理宗赐额家庙"遗忠堂"。这正是"一清二正勋名振朝纲，四靖三清德望闻乡里"，走马塘在鄞南平原上堪称一颗璀璨的明珠。

而在《鄞县志》记载中，走马塘在清光绪年间就商民汇聚，摊贩骤增，已形成贸易集市，街上汇集了"养心堂""庆余堂"药店，"源顺""森泰"南货店，"大生""大昌"广货店，"崔氏""成康"咸货店，以及"森茂""恒昌""公和""同和"等几十家商店。这些店铺经营的商品种类繁多，既有丝绸布帛，又有生活小百货，还有各种小吃，村民们在集市上出售自己种的农作物、家庭手工制品。为了方便远处客商来此交易，在街西边尽头的凉亭之下建有埠头和拴船的石孔洞。在20世纪90年代初，每逢集市日，这里依然人声鼎沸。后来随着越来越多的年轻人进城，集市日时再也不复昔日盛景，老街渐渐落寞，现在只有个别店还开着，仿佛是一种坚守。

姜山镇还有一个跟走马塘村相似的村庄，近现代名人辈出，据不完全统计，全村教授级人物达到百名，在宁波实属罕见，它就是董家跳村。这个村庄的历史非常悠久,1985年,村民在平整土地时,发现了4000多年前的新石器时代的村落遗址。2005年5月,"董家跳文化遗址"被列为鄞州区重点文物保护点。2010年9月,鄞州区文化部门在该村竖起了"董家跳宋代遗址"碑。

董家跳是个大村,有集市、卫生院、商店、银行、工厂、学校等。村里有一条老街,以前街边开了很多店铺,其中有一家名为"存德堂"的药店,已有百年历史。老街依河而建,此河直通宁波。在乡村中巴还没有开通之前,奉化及这一带附近民众要进城,大多会选择坐船。董家跳地处鄞奉交界处,每天客流量不少,老街上人来人往。随着20世纪90年代中期奉化到宁波的航线停运,那份喧闹也渐渐消散于时代滚滚的车轮间。

姜山镇还出过好几位宁波帮名人,如清末民初时上海滩有名的"水泥大王"陈磬裁,又名陈宏福、陈德富,是陈鉴桥村人。他年轻时去上海学做生意,后靠做水泥生意和从事建筑业发家致富。二十世纪二三十年代,陈磬裁在家乡捐建了十座桥和十座凉亭,人称"十桥十亭"。在陈鉴桥村,有三幢很具规模的洋房,主人就是陈磬裁。

清末民初时著名商人,汉协盛营造厂的创始人,人称"营造大亨"的沈祝三是沈风水村人。他读过几年私塾,后因家贫学做木匠活。在上海谋生时,他学会了看建筑图纸和讲英文。1904年,他被上海协盛营造厂派往汉口主持施工。1908年,沈祝三在汉口正式开办了自己的营造厂——汉协盛营造厂。后来,他还涉足建筑材料业,创办了砖瓦厂、轧石厂和炼灰厂。资料表明,武汉三镇的300多座著名建筑中,有建筑商可考的有107座,其中56座为汉协盛所建造。汉协盛建造的众多武汉优秀近代建筑,至今仍是武汉城市建筑中绚丽的风景。这些建筑中,最负盛名的是武汉大学早期建筑群,它是近代建筑史上的典范作品之一。为了建武汉大学,双目失明的沈祝三以倾家荡产为代价诠释了何为诚信。在沈风水村,还保存有沈祝三为其母造的一幢中西合璧的房子。

曾在上海浦东以撑渡船为生,后在英商洋行当练习生,随后渐积资金开设"天祥纱号",中年事业有成,在上海纱业界颇具声望,又在姜山投资开设"锦泰昌"棉布店的边文锦是姜山下塘村人。20世纪20年代,边文锦退出商界,将重心投入到公益慈善事业中。在姜山镇上有一幢边文锦当年造的豪宅,五间两弄三进的三合院,面积将近2000平方米,其规模和完好程度在鄞州非常罕见。

姜山的名人还有很多,如董家跳村的董显光,1912年进入哥伦比亚大学普利策新闻学院攻读硕士学位,是中国近现代新闻报刊史上一位非常著名的人物。出生于1966年的董瑶海,是土生土长的董家跳村人。他是首届上海青年科技英才奖得主,上海航天局509所副所长、研究员,"风云三号"气象卫星和"风云四号"气象卫星总设计师,中国航天科技集团有限公司八院FY-4卫星型号总设计师。走马塘村的陈露芗,是中国第一代留学博士之一。他是著名的建筑师,设计过栎社机场、奉化方桥医院、蒋氏故居、奉化武岭学校等,还多次为建造灵桥提出建议。花园村沈家的沈友梅,为建造宁波灵桥,上下奔走,筹集银圆几十万元,抗日战争爆发后,他又助天一阁稀本运藏龙泉。姜山镇的陈德馨,是中国黑炭衬(服装辅料)最早试制者,中国黑炭衬产业奠基者等。另外,还有众多为了新中国成立抛头颅、洒热血的英烈。

在这样一块丰厚的土地上,最近又出了一位名人,那就是年轻的奥运射击冠军杨倩,姜山杨家弄村人。21岁如花的年龄,第一次参加奥运会,不仅获得了射击女子10米气步枪金牌,还获得了射击10米气步枪混合团体金牌。这不仅仅是鄞州体育史上零的突破,对整个宁波市来说也意义非凡。在2016年的里约奥运会上,宁波小将石智勇出战男子举重69公斤级比赛,凭借雄厚的竞技实力、优良的意志品质,以抓举162公斤、挺举190公斤,总成绩352公斤,夺得冠军。在此之前,中国参加的历届奥运会中,宁波选手均没有拿到过金牌,所以,石智勇的这块金牌也是宁波奥运史上的第一块金牌。而杨倩的两金则刷新了宁波奥运金牌榜。

一个普通的农村小姑娘,是怎么一步步成长为奥运冠军的呢?不由得让人好奇心大增。

那咱们就去杨家弄村看看吧,或许那里藏有答案。

第四章 梦与桥的隐喻

以河为界

搭一座梦幻的桥

在你经过的那个午夜

命运写下神奇隐喻

杨家弄村离姜山镇人民政府约5公里的路程。一路过去，田园风光秀美，正是秋季晚稻即将成熟之际，眼前时不时闪过青中带黄、黄里含青的混色一片，唤醒沉睡的童年记忆。也是这样的季节，鄞南平原上一个个黛瓦粉墙的村庄周围是连绵的田野，风吹过来，稻田发出沙沙的声音，越饱满的稻穗，垂得越低。这是大自然在教我们做人的道理，谦逊、低调。

一年四季的变化，看田野的色彩就知道了。春天自然是最丰富多彩，紫云英开放的时候，满目皆是一朵朵紫红色的小花，单独看很单薄，可成片的紫云英就有了不一样的气势。油菜花开时，阳光下的那份明媚与热烈能让人的神思都变得恍惚起来。随着城镇化建设的步伐加快，城市扩张，种植面积越来越小，现在很难看到成片的田野。即便有，大多也种上了水果。这一点，姜山倒是可以弥补些遗憾，仅狮山公园南侧就有160亩田地，景随节移，美不胜收。

话说姜山、茅山，看起来是不起眼的小山，但只要是山，必有山脉，这山脉刚好穿过杨家弄村，故此村的地势相对较高。杨家弄村区域面积1.04平方千米，耕地面积1070亩，村里以杨姓为主,另还有梁、赵、陈、郑、谢等其他姓氏,是鄞州区杨姓姓氏最为密集的村庄。

任何一个村庄都有来处,杨家弄也不例外。杨,作为中华姓氏之一,最早源于春秋时期的杨国(今山西省洪洞县),为隋朝国姓,是一个典型的多民族、多源流姓氏,主要源自姬姓及少数民族改姓等。"杨"由"木"和"昜"组成,"木"指扶桑,也称杨树,生长在东方大海上的汤谷(今连云港云台山),"昜"古同"阳",是"日升汤谷"的形象描写,以此为图腾的始祖就是古老的杨氏族,由此产生了杨姓族徽,最终形成了姓氏。

鄞州区杨氏的起源主要有两支,其一为周武王孙,叔虞次子,晋侯燮父之弟。晋武公(叔虞十一世孙)时,封次子于杨,称杨侯,是为杨姓人的受姓始祖。其二为晋武公子伯侨。晋灭杨后,封杨地为大夫羊舌肸(字叔向)的食邑。羊舌氏出于姬姓,因晋武公次子伯侨之孙突当时食邑于羊舌,故以羊舌为姓。至晋顷公十二年(前514年),晋灭羊舌氏,食我的儿子杨道逃到华山,居住在弘农华阴,以祖宗封地杨为姓,其后代开基各地,成为杨氏繁衍发展的主流,史称杨氏正宗。

迁鄞杨氏主要有以下几支,其一为宋姑苏杨厚为迁鄞始祖,其三世孙杨仁爽从鄞县东乡迁居东杨,杨仁爽的次子杨硕居西杨。其二为宋元丰二年(1079年),杨庆甫在明州为官,迁居茅山村斗门桥,随后繁衍昌盛,该支比较接近杨家弄村的杨氏,并于明朝迁入发迹繁衍。

过去有家谱,可以清晰查到一个家族的世系繁衍及重要人物事迹,可惜现在家谱早已成稀罕之物。不过不管有没有家谱,杨家弄跟鄞州很多村庄一样,历史悠久,村里遗存有400余年历史的牛轭漕,这是古代"智农"型排水系统。牛轭漕环绕村庄,清渠润泽代代杨氏后人。自然与村落相互依存,在漫长的岁月里发展壮大,离不开我们中华民族传统的文化底色——农耕文明,这是我们的根。悠久厚重的农耕文明是经过几千年的乡土生产、生活方式积淀、孕育而成,自成体系。这里面有知识、道德、习俗等文化,维护着传统农业社会的有序运行。作为江南古村之一的杨家弄,千百年来,村民们用自己勤劳的双手,脚踏实地,一代代传承,走到今天。在丰厚的"耕读"文化润泽下,村里出了不少大学生,他们离开村庄,走向更广阔的天地。

谁也没有想到,2021年7月,东京奥运会上的两枚金牌,让杨家弄这个古村成为世人瞩目的焦点,而焦点的中心则是奥运冠军杨倩的父母杨利成和施安方。

出生于1971年的杨利成是个普通的农家子弟,中等个子,皮肤比较黑,眼睛不大但挺有神。他上有一个姐姐,下有两个妹妹,他是老二,作为家中唯一的男丁,从小在父母那里得到比姐妹们更多的宠爱。

1990年,19岁的杨利成穿上军装,奔向部队,成为一名海警战士。海警部队主要负责海上救助、海上治安管理和海洋维权执法,由现役军人和非现役人员组成。杨利成在海警部队的

第四章

时候最喜欢摸枪,那时候的他根本不会想到,多年后,他的女儿也会走上一条跟"枪"结缘的路。

当了三年兵,杨利成复员了。他不在家的三年,家里的十多亩田地,全靠父母和姐妹们劳作。当时,村里有不少人进城打工,杨利成不是没想过,但看看父母和姐妹们,他打消了这个念头,决定留在家里,帮父母一把。

1998年,27岁的杨利成经朋友介绍,认识了姜山镇毛洋村的施安方。两个人第一次见面,对彼此的印象都不错。施安方有一双大眼睛,皮肤很白,打扮朴素,一看就是那种可以安心过日子的姑娘。两个人同龄,年纪也不算小,都是以结婚为目的,见了一次面,双方都觉得可以相处看看,这恋爱关系算是定下来了。

平时,只要有时间,杨利成就骑上摩托车往女朋友家里跑,接上女朋友,要么和她去田野边走走,或者带她去姜山镇上逛街,或去城里看电影,享受恋爱的甜蜜。其实他们俩的性格完全相反,施安方性子慢,但做事干脆利落,不喜欢拖泥带水,非常能干。杨利成的性格偏急躁,两个人在一起,恰好互补,这也许就是缘分。

谈了一年恋爱,杨利成和施安方走进了婚姻殿堂。他们俩的新房是杨家自己造的二层小楼,楼前有个院子,屋后有一条河,那条河上有一座石桥,名叫"龙门桥"。

婚后不久,施安方和杨利成就决定要个孩子,他们俩快30

岁了,结婚早的同龄人的孩子都可以打酱油了。那段时间,施安方总是做些奇怪的梦。她梦见自己提着小竹篮来到屋后的河边捞鱼。好多条鱼在河里游来游去,她用小竹篮随手一捞,鱼就在篮子里活蹦乱跳。她还梦见发大水,河水暴涨,转眼路就看不到了,没过多久水就涌进屋里。她甚至会梦见非常漂亮的烟火在夜空中绽放。醒来后,有些梦她记得,有些梦就模糊了。她想到人家说的"乱梦",大概就是胡乱做的梦吧,也就没放在心上。

又一个夜晚来临,施安方再次走进熟悉的梦境。

在梦里,好像是夏天农忙季节,她从田里劳动回来,身上沾着泥巴,手上拿着镰刀,头上戴一顶草帽。她来到河边,把镰刀放在一边,蹲下身子,看到自己水中的倒影,眉眼清晰。伸出双手,掬起一捧河水洗脸,搅碎了满河面的"晚霞"。突然,一条金色的大鲤鱼跳出水面,直直地撞进她的怀里。

一激灵,施安方醒了。

天还没有亮,丈夫在身边睡得正香,而她再也睡不着了,一遍遍回味梦境,腹部隐约有什么感觉。她想,或许自己已经怀上了孩子。

施安方没有告诉杨利成这个梦,她怕被丈夫笑话,悄悄把这个秘密藏在了心底。

不久,施安方确诊怀孕。手心按在扁平的肚子上,她不由自主地想起了那个梦,心里既神奇又甜蜜。她在想象自己孩子的模样,一定是个非常可爱的小天使。

十月怀胎,一朝分娩。2000年7月10日早上,施安方感觉自己要生了,于是在杨利成的陪同下去了茅山卫生院。医生一看,也说快要生了。杨利成着急了,去卫生院前他以为妻子不一定会生,所以空着手去了医院,现在听说真要生了,赶紧叫母亲把住院需要的东西送过来。到了晚上,施安方被送进产房,施安方的姐姐和姐夫也到了医院,大家一起等在手术室外面,杨利成坐立不安,在走廊里来回走着。时间在一小时一小时过去,手术室里面一直没有动静。杨利成有些焦虑,第一次当爸爸,他形容不出自己那时的心情。晚上11点,施安方还没有生,杨利成感到有些饿了,就叫上姐夫一起到外面的夜宵摊吃夜宵。

吃完夜宵,已是7月11日凌晨,杨利成和姐夫回到卫生院,被告知施安方已在午夜12点前生产,母女平安。杨利成松了一口气,开始后悔去吃夜宵,在妻子生孩子的紧要关头他居然没有在边上守着,他感到很自责。施安方在看到女儿的第一眼时,莫名地想起那个梦,不禁摇摇头笑了,倘若生个男孩,说不定那个梦还真有什么意思,可生的是个女孩,农村小姑娘会有多大的出息呢?幸好她没有跟任何人说过那个梦,不然真要被人家笑话了。

2000年7月10日的施安方,根本没有把那个梦和屋后的那座龙门桥联系在一起,更没有想到"鲤鱼跳龙门"这个典故,而她的女儿恰好属龙。

　　这听起来像是杜撰的故事，可偏偏是真实发生的事。不过，大千世界，无奇不有，现实生活中有太多科学无法解释的现象。施安方从没有想过有一天她的女儿会离开村庄，选择一条不一样的人生道路，成为奥运冠军。那个夜晚的梦，随着女儿的出生，从此沉睡在她的记忆中，直到那惊天逆转的枪声响起，在电视里看到女儿站在高高的领奖台上，施安方才顿悟当年那个梦和那座桥的隐喻。

　　原来，命运早给过她暗示，只是直到今天，她才真正读懂。

第 五 章　杨家有女名为倩

听佛寺钟声长大的孩子
把善念根植心田
当飞鸟掠过天空
她已心生双翼

施安方生了女儿后,就琢磨着给孩子取个好听的名字。杨利成的意思是,集思广益,等孩子满月,坐下来听听亲朋们的意见再取。施安方觉得有道理,就安安心心坐月子。

说起来,古人对取名非常讲究,《左传》中记载了鲁国大夫申繻提出的取名五原则和六禁忌:"名有五:有信、有义、有象、有假、有类。以名生为信,以德命为义,以类命为象,取于物为假,取于父为类。不以国,不以官,不以山川,不以隐疾,不以畜牲,不以器币。"

上古时期,婴儿出生三个月后,由父亲为之取名。清代学者唐甄在《潜书·名称》中说:"名者,序长幼,辨贵贱,别嫌疑,礼之大者也。"

古人取了名,还要取字,对他们来说,名和字是有区别的。读过《红楼梦》的人都知道,林黛玉和贾宝玉第一次见面时,宝玉曾问黛玉表字,"妹妹尊名是那两个字?"黛玉便说了名字。宝玉又问表字。黛玉道:"无字。"宝玉笑道:"我送妹妹一妙字,莫若'颦颦'二字极好!"探春便问:"何出?"宝玉道:"《古今人物通考》上说,西方有石名黛,可代画眉之墨。况这林妹妹眉尖若蹙,用取这两个字,岂不两妙!"

新中国成立后,基本上没有人取字了,那时新生儿的名字多带有时代的烙印,比如解放、国庆等,而女孩子的名字取得更随意,这一年若有流行字,当妈的就呼啦啦给自己孩子的名字里带上流行字。等上学了,一看班上好多女同学的名字会被误以为她们是嫡亲的姐妹,也算是那个年代的特色。改革开放以后,港台文学流行,文艺女青年当了妈,给女孩取的名字多多少少带点文艺气息。再后来,流行取四个字的名字。家长们还热衷于请专业人士根据孩子的生辰八字给孩子取名,用上各种生僻字。

施安方看着女儿一天一个样子,心里充满了初为人母的欢喜。这辈子,她就祈祷女儿能健康平安长大,以后有个好归宿,幸福生活,她也就心满意足了。

一个月很快就到了,杨家办满月酒。杨利成的姐妹们不管是出嫁的还是没出嫁的,全部来喝满月酒,边吃边讨论给孩子取什么名字。你说取这个名字,她说取那个名字,七嘴八舌,各说各的。

"我觉得不要搞这么复杂,就叫杨倩吧,好听又好记。"说话的是杨利成的小妹,她稍做停顿,又补充一句,"倩,有美丽的意思。小侄女的眼睛大大的,长大了肯定是个大美女。"

"杨倩?"施安方一听就很喜欢。虽然女儿刚满月,可五官长在那里,集中了爹娘长相的优点,这容貌不会差到哪里去。

杨利成对这个名字同样表示满意。最后，大家一致通过，杨家唯一孙女的大名就叫杨倩。

施安方回到家后，专门查了这个"倩"字，才知道作为名词，"倩"在古代，是对男子的美称。作为形容词，"倩"有含笑的样子、姿容美好等意，《诗经·卫风·硕人》中有"巧笑倩兮"的描写。看着女儿恬静的睡颜，想象她长大后"巧笑倩兮"的样子，施安方这颗当妈的心被灌满了蜜。再看，她发现女儿长得非常像男孩子，特别是满月照洗出来，如果不说，谁看了都以为这是一个男娃娃。

"女生男相"，施安方的脑海里突然闪过这四个字。她记不清听谁说过，女生男相挺好的，将来会有出息。女儿长大后有没有出息，施安方没想这么多。若有出息当然好，这世上当父母的谁不想儿女有出息？可若只是个普通人，也没什么不好。这世上多的是普通人，只要女儿一生顺遂幸福，她就别无所求了。

日子平淡如水，在一天天地过去，村庄外的田野里稻谷长了一季又一季。在施安方眼里，除了女儿在一日日长大，村口的西林禅寺也在一年年变化。她和杨利成结婚时，那西林禅寺才刚刚被批准为合法保留寺院，只有一间老旧的大雄宝殿和几间小房子。后来来了一位叫照勤的法师，自从他主持寺院事务后，这座寺院就一年一个样，变化特别明显。施安方虽不是正儿八经的佛教徒，但也会去西林禅寺拜拜菩萨，为家人求个平安，愿孩子健康成长。

第五章

说起西林禅寺，不禁让人想起苏东坡那首著名的咏庐山的诗："横看成岭侧成峰，远近高低各不同。不识庐山真面目，只缘身在此山中。"这首诗，苏东坡是题在庐山西林寺的墙壁上的，题目就叫《题西林壁》。白居易也写过《宿西林寺》："木落天晴山翠开，爱山骑马入山来。心知不及柴桑令，一宿西林便却回。"但不知道他写的是哪座西林寺。

没统计过全国有多少座名为"西林寺"的寺院，比较有名的有上海松江的西林寺，原名"西林精舍"，初建于唐咸通十三年（872年），增建于南宋咸淳元年（1265年）。明正统年间，英宗亲赐匾额，敕封"大明西林禅寺"，其时僧众有六百余人，暮鼓晨钟，法音梵呗，盛极一时，延至清代。法门有继，代代相传，累世扩建，称为江南名刹。而西安终南山西林禅寺，年代更久远，始建于南北朝时期，其后历经七次重修，是终南山佛教著名道场。

姜山镇的西林禅寺同样有着悠久的历史，文化底蕴深厚。它始建于五代后晋开运三年（946年），距今已有一千多年的历史。北宋时，寺院已形成相当规模，在佛教界已具一定影响力。寺僧还在寺内建造"琼阁黎"房，大学者兼官员丰稷曾寄居在此书房内读书，甬上名人舒亶曾在寺内挥毫赋诗。自北宋至南宋，西林禅寺香火鼎盛，朝野敬仰，是东南佛国著名丛林之一。

南宋德祐二年（1276年），元兵攻入宁波，西林禅寺毁于兵燹。元大德二年（1298年），由里官康大成重建，其时寺东有净土寺。明弘治元年（1488年），再次重建。明万历年间陆续建成佛殿、法堂。清顺治八年(1651年),建禅堂、方丈殿,清顺治十五年(1658年),再建山门。清康熙十一年(1672年),建斋堂。乾隆帝南巡时,钦命在寺内勒石立碑以流传后世,此举巩固了西林禅寺在佛教界的地位。乾隆时期,西林禅寺最为鼎盛。寺院殿堂、楼阁、寮廊等各类建筑占地9000多平方米,拥有寺产粮田百余亩。西林禅寺三面环水,周边村庄星罗棋布,炊烟萦绕。

夕阳西下,清净古刹被一缕余晖涂上一层温暖的色调,田野里万物各自生长。暮鼓敲起来了,一声一声,想惊醒世间名利客。大雄宝殿内,经声佛号唤回的可是娑婆迷途人?

西林禅寺经历了从盛到衰,功能多变的过程。民国时,鄞县文教科在寺内开办民众馆,开设识字班,传授农技知识。抗日战争爆发后,宁波中学为避日寇滥炸,搬迁至胡家坟村办学,西林禅寺曾作为宁波中学临时校舍之一。当日寇对宁波进行惨无人道的细菌战时,寺院附近的村庄里霍乱狂发,鄞县红十字会曾在西林禅寺开设疫病临时医院。新中国成立后,西林禅寺被政府征用改作西林粮站仓库,后改作供销社草籽种、棉花收购点,还开办过乡镇五金福利厂。20世纪80年代,主体寺舍倒塌。曾经的皇皇大寺,仅存偏屋半楹,残房数间,令人不胜唏嘘。直到2002年,照勤法师来了后,在他的苦心经营下,西林禅寺开始一点点重现昔日规模。

可以这么说,杨倩是听着西林禅寺佛音长大的孩子,从小心

第五章

地善良,她的性格有些偏内向,夏日里,最喜欢跑到寺院内看放生池里的乌龟和睡莲。有时一个人去,有时和几个小伙伴一起。小伙伴们很活泼,趴在池边的栏杆上看一会儿就有些不耐烦,便跑开去玩了。可杨倩一看就是半天,她一点儿也不觉得无聊,反而认为很有趣。睁着一双水汪汪的大眼睛看这只乌龟爬到池中的石头上晒太阳,那只乌龟在水里游着,有的乌龟活络,有的乌龟安静,小姑娘看得津津有味。

寺院里的晚课开始了,几个小伙伴蹑手蹑脚走到大殿外,伸出小脑袋,偷偷看殿内做功课的和尚和端坐在莲台上的佛像。杨倩虽然不懂,但她知道在这个地方不能打闹,心里对这儿有一种莫名的敬畏感。

暮色降临,村里传着各家爹娘呼儿唤女回家吃饭的声音。晚风吹过六月的田野,稻穗轻轻摇摆,似在窃窃私语。

施安方出来找女儿,她别的倒不担心,就担心天热,孩子们又喜欢玩水,所以每次杨倩出门前她都会提醒她不要去河边。

远远地,施安方看到几个小姑娘从寺院里跑出来,便知道女儿又去看乌龟了。她也搞不懂这孩子为什么这么喜欢去看放生池里的乌龟,一看就是半天。不过只要女儿不去河边玩水,她也就随她了。

"又去看乌龟了?"施安方伸出手,摸了摸女儿的脖子,有汗。

杨倩说:"是啊,有一只乌龟很懒,一直趴着不动。"

"你们也赶紧回去吧。"施安方对女儿的那几个小伙伴说。

孩子们都各自回家,杨倩抬起头,看到天空有飞鸟快速掠过。她好奇地问:"妈妈,这小鸟是不是也跟我们一样,回家吃饭去了?"

"是的,它们也回家吃饭去了。"施安方拉着女儿的手,朝家的方向走去。

夕阳,把母女俩的身影拉得很长很长。

第 六 章 / **无忧的童年底色**

铺一地浩荡

童年无忧的底色

春风吹过树的嫩梢

绽放生命蓬勃

2007年9月1日,7岁的杨倩背着小书包,走进了位于虎啸周村的姜山镇茅山小学,成为一名小学生。这个时候的杨倩已长成一个乖巧的小女孩,小时候的"男相"基本上看不出来了。

茅山小学虽然只是一所乡村小学,却已有百余年历史。此校最初的校址在胡家坟村,翻开《胡家坟村志》,上面有这样的记录:胡家坟村自胡氏迁世祖寿富公于南宋咸淳三年(1267年)开村以来……胡氏历代世祖都十分重视对自己子弟的启蒙教育,有以宗族集资延请名士课读的义塾,或以家族出资聘请秀才或举人课读的私塾……传承耕读世风。

据现有资料记载,清同治六年(1867年),胡家坟村胡咸垵等人创建四所书馆,至清光绪二十三年(1897年),村人胡仍燠等组设"养正义塾",并在村中购置楼房五间二弄为校舍。到20世纪初期,教师分别为胡建丰、胡茂泰、邬子松、胡刚庆。光绪三十二年(1906年),四所书馆合并,建立"文山两等小学堂",翌年春正式开学,并在原"养正义塾"校舍基础上新造两楹平房。校董为胡尧钦,第一任校长为陈宗明。至此,旧时教育模式基本宣告结束。

民国十一年（1922年），文山小学添筑平房两楹。1925年之前，它已经是拥有4个年级的完小，还收寄宿生。民国十七年（1928年），购得校外隙地一块，辟为操场，以旧操场改作校园。1933年，校长为王祖康。是时，由胡庆友主持下的胡家坟村安堂祀捐助银圆，在校园内建造二层礼堂（一楼为礼堂，二楼为教室）。学校初具规模，并聘请名师教授。当时，文山小学声名鹊起，成为鄞县南乡三大名小学之一（另两所小学为姜山小学和甲南小学）。以后，班级数逐年增加，最多时达十几个班，校舍从原来的靠西一列长廊，逐步向东扩展。

民国二十五年（1936年），在校长俞秉阳主持下，"文山小学校庆三十周年"活动隆重举行。是时，民国政府及省教育厅要员送条幅祝贺。

民国三十一年（1942年），唐盾任校长。

民国三十二年（1943年），韩焕章任校长。

民国三十五年（1946年），文山小学举行四十周年校庆，规模盛大，空前热闹。乡间同庆，鄞县南乡的小学为各界瞩目，文山小学进入鼎盛时期。

从1950年到2004年，文山小学经历了几次更名：1950年校名改为"西林乡校"，1958年校名改为"茅山公社中心小学"，1969年校名改为"茅山勤勇小学"，1975年校名改为"勤勇五·七学校"，1984年校名改为"茅山乡中心小学"，1992年校名改为"茅山镇中心小学"。2004年,学校被并入姜山镇,更为现名。

这段校史,对刚踏入校门的杨倩来说是陌生的。她只知道在家要听妈妈的话,在学校要听老师的话,好好学习,天天向上。

一年级的小学生刚开始都坐不住,小屁股扭来扭去,好像椅子上有什么东西。不过,老师发现班级里还是有几个小朋友比较安静,一节课下来基本上没怎么动,杨倩就是其中一位。

放学铃声刚响起,课堂里就像倒翻了田鸡篓,叽叽喳喳,热闹得不行。动作快的孩子,已经背上书包冲出教室了。

"杨倩,你好了吗?"一个漂亮的小姑娘背着小书包走了过来。她叫钱欣,从小养在杨家弄村的外婆家,所以和杨倩很要好,从幼儿园开始,两个人就是好朋友。

"还没。"杨倩一边说,一边在那里慢吞吞地整理一本又一本书。书整好了,她开始整理本子,再整铅笔盒,一样样放到书包里,让人瞧着着急。可杨倩一点也不急,钱欣知道她是个慢性子,催了也没用,就在旁边等着。

杨倩好不容易整理好书包,背上,教室里只剩下打扫卫生的值日生。两个人一前一后朝校门口走去。

校门口,杨倩的爷爷正等得心焦,想着要不要进去看看,正犹豫着,就看到孙女从里面走出来,松了一口气。他刚想开口问孙女为什么这么晚才出来,一想,孙女天生的慢性子,说了等于没说,就转换话题,急忙接过两个孩子的书包,领着她们回去。

第六章

进了村,两个孩子各回各家。杨倩的爷爷把孙女送到家后,就回自己家去了。施安方在一家私营企业上班,这个点,她刚进家门不久,见女儿回来,她就忙着去做晚饭,没过多久,杨利成也下班回家了。

等一家人吃完晚饭,杨倩就坐到客厅的小桌子前开始写作业。施安方没有管她,只顾做家务。等施安方忙完,发现女儿还在那里磨叽,顿时脾气就上来了。她知道自己性子慢,所以做什么事都会提前,没想到生了个性子更慢的女儿。杨利成见妻子想要发火连忙安抚,笑着说:"你生的,像你,慢就慢点,慢点不会出错。"不过当他抬起手腕看了一眼手表上的指针,也觉得闺女的动作实在太慢,小学生能有多少作业,都过去好几个小时了,居然还没有做好。

施安方一开始以为杨倩刚上学,可能不适应,就安慰自己,过段时间就好了。后来发现,女儿动作慢是天生的,比一般人至少要慢两拍,以前没怎么在意,这一读书,动作慢的特点就很明显。于是在家里,经常是她在火里,杨倩在水里。特别是早上,上班的上班,上学的上学,谁都不能耽搁。尤其是冬天,本来就起得晚,速度不快点,一不小心就会迟到。周一到周五,"战争"天天上演。

在学校里,变成老师在火里,杨倩在水里。因为她做作业的速度很慢,考试也是卡着时间交卷,脾气不太好的老师,就会批评几句,然后她就睁着一双大眼睛看着老师,一脸无辜,属于那种"虚心接受,屡教不改"。老师是又气又好笑,再想想她的成绩,在班上虽不算拔尖,但也不错,老师只好停止"发挥"。

冬去春来,学校里刮起了一股养蚕风,杨倩不例外地加入其中,她找来一只鞋盒作为蚕宝宝的新家,叫上表姐舒天翔和小伙伴钱欣一起去找桑树。

春天的田野是最美的,鲜嫩的绿,仿佛多看一眼就要滴下汁来,连僵硬了一个冬季的土地都变得柔软起来,让你很想亲近它。万物生机勃勃,路边无名的野花已做好了绽放的准备。在村外的田埂边,三个小姑娘找到了一棵桑树,可她们太矮了,摘不到桑叶。

"杨倩,来,我抱你上去摘。"舒天翔说。

杨倩瞧了一眼表姐的小身板,又看了看胖乎乎的自己,摇了摇头说:"你抱不动。"

"我们两个抬轿。"钱欣建议道。

舒天翔也觉得此法可行,两个小姑娘伸出手交叉拉着,让杨倩坐上去。杨倩不同意,她怕三个人都摔着了。摘不到桑叶,她们就先在田野上玩一会儿,看到农民伯伯在田里劳作,又想到那棵桑树,于是请农民伯伯帮忙摘,最后,她们如愿以偿地获得了一堆桑叶,高高兴兴地回家了。

自从养了蚕,杨倩每天上学前都要去瞧一眼,看蚕宝宝长大没有,给它们换上新鲜桑叶。放学回家,杨倩的第一件事就是把那鞋盒捧出来,把蚕宝宝拉的东西清理干净,给蚕宝宝喂食,忙得不亦乐乎。看它们慢慢从细线一样的灰褐色变成圆滚滚的白色,吐丝结茧,最后破茧成蛾,杨倩第一次感受到原来生命如此神奇。她不由得想起之前抓了几条小蝌蚪养在玻璃瓶里,来观察它们是怎么变成青蛙的。母亲告诉她,小蝌蚪在玻璃瓶里活不了多久,也没法变成青蛙。她不想小蝌蚪死,就捧着玻璃瓶来到河边,把它们送回河里,看它们在水里欢快地游动,她也很开心,觉得自己做对了。

很快到了放暑假的时候,杨倩家成了小伙伴们玩乐的"据点"。舒天翔和钱欣没特殊情况,每天必报到,三个人一起做作业,一起玩,一起吃饭,形影不离。对此,施安方很高兴,独生子女太孤单了,女儿有要好的小姐妹是好事。

三个小姑娘会在午觉后玩"扮仙女"的游戏。杨倩上楼,从柜子里把妈妈洗干净的床单拿出来,又找来丝巾。杨倩把床单披在身上,舒天翔和钱欣披丝巾。她们为了模仿电视剧里仙女下凡的样子,就站在凳子上,张开双臂往下跳,可床单太长,会拖在地上,杨倩就把它当成长披风,在家里来回走着,她在电视剧里看到过这样的镜头,很飘逸。

玩累了,她们就坐在桌子边开始折纸船。傍晚的时候,三个小姑娘便拿着纸船来到水渠边,杨倩在前面放,舒天翔和钱欣在后面接。

这样的时光单纯又快乐,有着城里孩子无法体验到的幸福,这是乡村给予的自由和馈赠,铺就了杨倩童年无忧的底色。

第七章 年少时光的美好片段

她像风一样奔跑

又像花一样安静

屋后的那一条河流

见证她隐藏的与众不同

在杨倩的记忆里,年少的时光是美好的,那些记忆碎片常常会在不经意间浮上她的脑海。一幕幕,像放电影一样,由一根若隐若现的线穿起来,似珍珠项链,闪烁着温润的光泽。

她看到了跳格子的自己,单腿跳,两条腿交换着跳,城里的孩子恐怕没有玩过这个游戏,可对农村的孩子来说,这个太简单了。她看到在村里篮球场玩滑板车的自己,像个男孩子一样大胆,脚一蹬一收,滑板车就向前冲去。她看到低着头下五子棋和跳棋的自己,记不清谁赢得多或谁输得少,那些一点儿也不重要。她看到爱臭美的自己,偷偷用母亲的卷发棒卷头发,今天扎马尾,明天编小辫,变着花样打扮自己。母亲说,她这点像她的父亲,喜欢打扮。由于母亲学过裁缝,会做衣服,所以爱美的她经常有新衣服穿。

爱美,似乎是杨倩的一种天性。从幼儿园开始,她就喜欢自己搭配衣服。如果母亲带她去服装店买衣服,她一定要买自己看中的衣服。她喜欢明亮的色彩,喜欢一切美的东西。比如各种好看的橡皮、糖纸、小头饰、小手链、洋娃娃等。记得有一次,她用母亲做衣服剩下的花布料给洋娃娃缝了一条裙子。

第七章

她看到在学校运动会走方阵的自己,穿着统一的校服,可她已记不清报了哪项体育比赛。她看到在学校文艺汇演时跳舞的自己,几个女孩子头上戴着花,脸蛋涂得红红的,穿着一模一样的上白下蓝的蕾丝连衣裙和白色连裤袜,胸前挂着鲜艳的红领巾,蹬着黑色小皮鞋。她忍不住笑了,好幼稚!

她看到参加诗歌朗诵的自己,不争不抢,无论站在什么位置,都不在意。她看到读四年级的自己,和四位女同学组成了一个名叫"五朵金花"的小队。她们梳一样的发型,穿一样的衣服。她记得那衣服都是从胡家坟村的一家童装店买来的,多么欢乐,那笑声似乎在耳边回荡。

她看到吹竖笛的自己,在一个个飞扬的音符里寻找是否有不准确的地方。谁会想到一所乡村小学的老师会让孩子们学习这个?杨云校长说,当年最开始是想让孩子们学电子琴,可电子琴并非家家都有,考虑到现实问题,就改成学竖笛。因为竖笛价格便宜,家家都买得起,于是,全校所有学生都会吹竖笛。她有多久没有吹竖笛了,要不要来一曲?想到这里,杨倩忍不住感慨,她曾就读的小学确实是一所独具特色的乡村学校,一直致力于学生综合素质的教育。1997年,学校就成立了少年军校,是当时浙江省唯一一所挂牌的预备役少年军校。20多年来,学校通过国防教育课程,结合军训和社会实践活动,使国防教育落到实处。2017年,学校还被评为全国国防教育特色学校。

1997年,学校还成立了校足球队,作为浙江省阳光体育后备人才基地,为上级体校输送了不少人才。学校现有80余名队员参加男女甲乙丙六个组别梯队训练。校足球队曾数次获得省、市足球比赛冠军,曾代表浙江省赴日参加"中日友好邦交"文体交流活动,与当地球队进行比赛交流。学校于2015年被评为"全国青少年校园足球特色学校"。

学校还有"紫云英合唱团",成立至今,在带队老师和全体团员的努力下,曾连续多年获得省、市、区合唱比赛一等奖,2017年获得第十四届中国合唱节青少组金奖,并于2018年6月3日在宁波保利大剧院参加了"星星音乐会",这在当时引起了强烈的社会反响。

除了这些,还有吗?

当然有。

学校"文山印社"篆刻社团里学生的作品多次在区级及以上刊物发表或获奖。2018年儿童节期间,"文山印社"在鄞州公园承办了"'童梦印记'学生篆刻作品展",得到了社会广泛关注。"西林飞镖俱乐部"成员在亚洲软式飞镖冠军邵裕轶的指导下,2018年获得浙江省第三届青少年软式飞镖锦标赛小学女子组个人第2名,小学男子组个人第2名和第3名,团体第3名;2019年获得浙江省青少年飞镖锦标赛团体第3名。学校也被评为浙江省飞镖训练基地。

近年来,学校又引进了非物质文化遗产——"箜篌",成立

第七章

了箜篌社团,并受邀参加了在小提琴演奏家俞丽拿祖居举办的新年音乐会。

真了不起。她在心里暗暗为母校竖起了大拇指。

她记得,有一场雪下得特别的大。那雪铺天盖地而来,纷纷扬扬,很快积起厚厚一层,带给他们太多的惊喜。老师带着他们在校园里堆雪人、打雪仗,一个个虽然小鼻子、小脸蛋、小手冻得通红,可没有一个是不想玩的。儿童的天性,在那一刻得到了最大限度的释放。他们开心地奔跑、打闹,即便摔在地上也没关系,爬起来拍一下身上的雪,继续玩耍。平时神情严肃的老师也变得格外和蔼可亲,有一位老师手上还拿着相机,"咔嚓咔嚓",拍下了一张张快乐的笑脸。

她看到自己在河里学游泳。一手拿着塑料桶,一手扒着埠头沿,两条小腿在水里上上下下扑腾着。母亲站在边上看着。父亲来了,带着她游到河中心。她应该是有天赋的,才这样来回带了几次,她就会游了,还很快学会了仰泳。自从她学会游泳后,每次她在河里游,母亲都会在岸上跟着,守护着她的安全。

有一次,一位外村人开着电瓶车经过,看到她在水中游泳,便停下来,看了半天,对她母亲说,这孩子怎么游得这么好看?当然,这句话是母亲告诉她的。她听了,很骄傲地一甩湿漉漉的头发,朝母亲得意地笑。

是的,她喜欢笑。有人告诉过她,爱笑的人运气不会太差。她从小就喜欢笑,一笑脸上就会露出两个深深的酒窝。母亲说她还是个婴儿的时候,长得特像小男孩,还是单眼皮。四五岁开始才长得像个小姑娘,单眼皮变成了双眼皮。她看过自己小时候的照片,确实很像男孩子,想想都觉得好神奇。

她有一只小猪储蓄罐,那时候爷爷每天都会给她零花钱,2枚或3枚一元硬币。她对钱没概念,爷爷给了,她就把硬币塞进"小猪肚子"里。过年了,姑姑们都回来了,很热闹。大人们坐在一起打麻将娱乐,父亲开玩笑说身上没钱了。她在旁边听到,连忙上楼把小猪储蓄罐捧下来,打开塞子,"哗啦啦"倒出一堆硬币,说给爸爸打麻将用,父亲开心得眉毛都要飞了起来。后来,有了零花钱,她会拿着钱去小店买零食吃,会到学校小卖部买材料包,编手绳送给"发小",还会买五颜六色的水宝宝,一颗颗小圆珠,放进水里,看它们慢慢变大,有的水宝宝还能生出"小珠"来,她感觉特别有趣。

还有令她印象很深的事就是放学经过西林禅寺,经常会碰到乞丐,很多还是有残疾的。她总是忍不住把口袋里的零花钱拿出来,放到乞丐面前的盆子里。好几次与表姐同行,表姐提醒她,现在有很多骗子故意假装成残疾人,让她不要上当。她听是听了,可之后遇到还是会给,因为她想,万一人家是真的有残疾呢?她也说不清为什么,只是觉得每每碰上这种事情,就会心生同情,觉得对方很可怜。

"我算不算是个滥好人呢?"她想。

她看到独处的自己。一个人去看西林禅寺放生池里的睡莲与乌龟。后来,放生池里多了好几条鱼,肥肥的,颜色也很好看,有黄色的,还有黄中带点红的,它们慢吞吞地游着。跟着爷爷去田里摘丝瓜、带豆,观察农作物的生长。对这个世界,她充满了好奇。

一个又一个镜头从杨倩眼前闪过,最后定格在2010年12月,她迎来了人生中的第一个重大转折点。

第八章　命运打开了一道门

一道神秘的门打开了

进或不进

未知的探索

选择决定人生的走向

2010年12月的一天,姜山镇茅山小学迎来了一位特殊客人,国家级射击教练虞利华。与他同行的还有鄞州区体育中心副主任虞中其以及虞利华的两位助教江浩俊与项晓晓。

虞利华出生于1968年,浙江丽水遂昌人,宁波市杰出专家,国务院政府特殊津贴获得者,浙江省"151"工程第三层次人才,2008年北京奥运会火炬手。他年轻的时候也是一名射击运动员,只是在他的运动员生涯中,最好成绩是获省级比赛第二名。他感觉自己卡在那里了,想再突破难度较大,就换个方向发展。虽说当运动员获得的成绩没有如他所愿,但他可以将他多年的射击经验传授给他人。就这样,虞利华踏上了教练之路。

在实践中,虞利华慢慢总结出一套自己独特的选材标准和训练方法,他教的学生不断创出佳绩。1997年,作为人才引进的他来到了宁波体育运动学校(简称"宁波体校"),担任步枪射击教练。很快,射击项目逐渐成为宁波体育的强项。他先后培养出了江浩俊、方炎辉、王成意、康宏伟等射击名将,在国内外体坛上为宁波市争得了不少荣誉。

其中出生于1983年7月的王成意,1997年3月师从虞利华,是虞利华来宁波后带的第一批学生中的一位。王成意最初并不被看好,曾险些被宁波体校退回,是虞利华留下她。在虞利华的耐心栽培下,王成意脱颖而出,在各类射击比赛中,拿奖拿到手软。她曾在省运会与省冠军赛上,一口气拿下4块金牌。进入国家队之后,王成意获得了亚运会、世界杯冠军。在2004年雅典奥运会上,王成意获得女子小口径运动步枪3×20铜牌,是宁波历史上首枚奥运个人奖牌。在第十五届多哈亚运会上,王成意获得了女子小口径运动步枪3×20个人和团体2枚金牌。还获得了广州亚运会女子50米步枪卧射金牌,硕果累累。

而1988年11月出生的康宏伟,则是在2000年9月师从虞利华。2001年就开始出成绩。从浙江省青少年射击锦标赛男子乙组小口径运动步枪30发卧姿冠军、小口径运动步枪3×10冠军,到2009年全国射击锦标赛男子小口径自选步枪3×40冠军和小口径自选步枪60发卧姿铜牌,年年拿奖牌。

截至2008年4月,虞利华培养的队员在全国以上比赛中获得了42个冠军,有两人一队超三项世界纪录,平一项世界纪录。

虞利华来茅山小学是为宁波体校选射击苗子的。省运会刚结束,需要补充一些新队员。

鄞州区一直非常重视各项体育运动,摸索着走"体教融合"之路。2007年,横溪镇中心小学成立了射击队,这也是鄞州区唯一的小学射击队。2007年7月,在第十五届宁波市全民运动会上,该射击队一举夺得4枚金牌。射击队还为宁波体校输送了好几名射击运动员。另外,该射击训练点还有一个任务,就是配合其他区域发现射击苗子——带着市里教练去各学校找射击苗子,所以这次虞中其专程陪虞利华过来招生。

学校专门负责这方面的老师接待了虞利华一行。作为一家有多年体艺特色的小学,老师巴不得能在自己的学校里发现各类运动人才。随后,该负责老师叫来了体育老师,让体育老师领4位客人到各个教室去选。

当虞利华一行走进502班教室,说明来意,顿时,像盐撒进了油锅,孩子们既好奇又兴奋,交头接耳,教室里响起叽叽喳喳的声音。

"同学们,安静一下。"体育老师做了个手势。

见同学们都安静下来,体育老师作了情况说明。虞利华笑眯眯地对全班同学说:"视力好、没有近视的小朋友站起来。"

齐刷刷站起来一片,虞利华一个个看过去,他发现有个小姑娘站在那里,有模有样,眼睛直视前方,就这样看着他,毫不胆怯。看着这个两眼有神又有灵气的孩子,虞利华手指一点,这个小姑娘就成为"目测"通过对象之一。最后,虞利华一共选了30来个学生,并将他们带到学校体育馆进行测试,这其中就有杨倩和钱欣。

测试分为三关,虞利华主要是测这些孩子的平衡性和稳定性。

第八章

"大家一个个排整齐,准备好了没有?准备好了,听我口令。来,双脚前后站一条线,双手打开,眼睛闭上,不要动。"虞利华边说,视线像雷达一样"扫描"开去。刚开始,孩子们都站得好好的,随着时间一点点过去,有人坚持不住了,身体开始晃动起来。一旦晃动,则失败。

通过第一关的人进入第二关测试。

"单脚站立,眼睛闭上,不要动。"

又一批孩子被淘汰,进入第三关测试的还有十来个人。幸运的是,杨倩和钱欣都进入了第三关。

第三关难度大大增加,要求每个人站着,左手拿着乒乓板,右手叠子弹壳。那子弹壳又细又长,非常轻,就是坐着让你叠,你都无法保证能叠几个,更不用说站着叠了。

很快,一个个学生都败下阵来,钱欣叠了3个子弹壳就倒了,最后场上只剩下杨倩。只见她一点也不受同学们的影响,慢慢地把子弹壳一个又一个地叠了上去,在叠第8个时,倒了。

这个结果让虞利华非常意外和惊喜,他记得这个小姑娘,一双灵动的大眼睛让他印象比较深。刚才在测试过程中,他发现这个小姑娘身上有一种沉稳的气息,一种超出年龄的淡定。他想起自己的得意弟子王成意,第一次叠子弹壳的成绩是6个,第二次是7个,第三次是8个,而今天这个小姑娘能一举叠起7个,可见稳定性非凡,绝对是个射击的好苗子。随后,虞利华测试了杨倩在运动和平静状态下的脉搏,直觉告诉他,这次,他可能"淘"到宝了。

虞利华笑着走了过去,态度和蔼地问:"小朋友,你叫什么名字?"

"杨倩。"杨倩很有礼貌地回答。

"你喜欢射击吗?愿不愿意到我们学校边读书边学射击?"虞利华问。

杨倩偷偷看了一眼虞利华衣服上的国旗图案,刚才在教室里已听说这位教练是来选射击队员的。至于射击是什么,她一无所知,不过听起来好像很好玩的样子,便不由自主地说:"喜欢。"想了想又补充一句,"我要回家问问我妈妈和爸爸。"

"好,接下去你还要接受一次市里的测试,等我们通知。"虞利华说。这事父母支持很关键,如果父母不同意,再好的苗子恐怕也不能如愿招到麾下。

杨倩点点头,在同学们羡慕的目光里回到教室,心里有些兴奋。

虞利华发现了一个好苗子,很高兴,笑着对虞中其和两位助教说:"今天总算没有白来。"

这一天,茅山小学因为这一件事,像石头扔进水里,荡起阵阵涟漪,久久不能平息。

晚上,杨倩跟父母说了射击队选人的事。

"我们学校就我一个通过了测试。"杨倩的语气里有那么一点小小的骄傲。

一"击"惊人

施安方一听,挺高兴的,问女儿:"你喜欢?"

杨倩不好意思地说:"我就是觉得打枪很好玩,爸爸,你以前也拿过枪,是不是很好玩?"

对这个消息,杨利成的想法跟施安方不同,他觉得当运动员太辛苦了,小姑娘没必要去吃这个苦。自己乖乖巧巧的心肝宝贝以后考个大学,找个好工作,嫁个好老公,安安稳稳过一辈子有啥不好?他对女儿说:"好好读书,当什么运动员,别东想西想,小孩子懂什么。"

杨倩被父亲这么一拦,也就不再说什么,心里却暗暗打定主意。她虽然不懂射击,但她喜欢探索未知。

第二天,杨倩就被送到宁波体校参加市里的测试,参加测试的学生有十几个。测试结果出来,她正式入选。

当杨利成接到鄞州区体育局负责人打来的电话,说杨倩已入选,希望他们这两天就送孩子到宁波体校报到。杨利成当即一口拒绝,说他不同意女儿去学射击。区体育局负责人没想到杨利成态度这么强硬,只好说让他们一家人再商量一下。

晚上,杨利成和施安方为了女儿上不上体校,发生了激烈地争执。施安方表示尊重女儿的选择,只要孩子喜欢,她就支持。杨利成心疼女儿,上体校得寄宿,女儿这么小就要独立生活,他怎么放心得下?

"如果一定要去,以后有事我就不管了。"杨利成扔下一句话,气冲冲地走出家门。

施安方看着女儿稚嫩的脸,思绪万千。女儿从小就没让她和丈夫操过心,乖巧又懂事,健康平安长到 10 岁。这期间她唯一受到的一次惊吓是杨倩因发高烧惊厥。她清楚地记得,有一年冬天的一天,她在单位上班,眼皮不知为何跳个不停,想想孩子由丈夫管着,应该没啥事。好不容易等下班回到家,她看到女儿嘴唇发紫,眼皮直往上翻,一摸女儿的额头,滚烫,吓得她魂飞魄散,顾不得数落粗心大意的丈夫,慌忙解开女儿衣服领子的纽扣,用最快的速度送到茅山卫生院,幸好她懂得一些急救知识,这次给用上了。这还得感谢她当赤脚医生的母亲,让她从小把保健站当另一个家,耳濡目染,平时一点小病小痛她也能简单处理。由于送得及时,没有给女儿的身体造成损伤,不然她绝不会原谅自己和丈夫。现在女儿像一只小鸟,翅膀还没有长硬,就想飞出去了,她心里自然也是万般不舍得,但经过理性分析,这对孩子来说,未尝不是一次难得的机会。

"你自己想好,如果真想去,妈妈支持你。如果你选择了去体校,就要坚持,不可以半途而废。另外,当运动员很辛苦,你能不能吃得了这个苦?而且有可能你吃了很多苦,最后什么也没得到。还有,去体校肯定会影响你的学习成绩,万一训练一段时间后被退回来,你学习跟不上又该怎么办?当然,也有可能以后你在射击领域走出一条不一样的路来。你虽然年纪小,但这件事,爸爸妈妈不替你拿主意,只告诉你利弊。这两天你好好想想,想好了告诉妈妈。"施安方神情严肃地对女儿说。

杨倩点头,说:"我知道了,妈妈,我会好好想想。"

这一夜,这位10岁的小姑娘破天荒没有倒下就睡着,而是在床上"烙饼子"。想起每次在电视上看到运动赛场上升国旗、奏国歌的场景,心里就会跟着激动,只是从没想过有一天自己也可以成为一名运动员。至于枪,从她记事开始,爸爸那张穿着军装,拿着枪的照片一直放在客厅的博古架上,穿军装的爸爸是她崇拜的偶像。

"打枪一定很有趣。"杨倩在心里想着,禁不住眼皮打架,翻个身,睡了。

第二天早上起来,杨倩偷偷告诉母亲,自己还是想去体校,万一真不适合练射击被退回来,她一定会好好努力,把学习成绩搞上去。施安方见女儿确实想去,又怕丈夫反对,就悄悄替女儿准备行李。杨利成平时不管家里事,所以并没注意到妻子和女儿已商量好了,他还以为母女俩已打消了这个念头。就这样过了几天,一直拖到报到截止日期的前一夜,施安方才向公婆和丈夫宣布要送杨倩上体校。她的理由很简单,就一句话,因为女儿喜欢。杨利成虽然很不高兴,可事已至此,见女儿这么坚持,只好妥协。

一条崭新的路,出现在杨倩面前。前方会遇到什么?她不知道。未来如何,她也不清楚。她只是单纯地凭着兴趣,带着行李,走进宁波体校的大门。

第九章　开启新的征程

现实虚设了理想的门槛
一脚踏进去　你不知
抽离丰满的骨头上
刻着胜利的密码

杨倩站在宁波体育运动学校门口,对接下来的学习和训练充满了信心。她从没有寄宿过,第一次离开父母独立生活,内心的窃喜多于惶恐,感觉自己像个大人了。

十二月的风吹在脸上,有些刺骨,可心是滚烫的,杨倩带着激动和对未知的好奇,走进这所占地8万平方米,建筑面积37300平方米,创建于1956年,宁波市唯一一所面向全省招生、培养体育后备人才,集学前教育、九年制义务教育和中专教育为一体的全日制重点体育中专学校,也是综合性"国家重点高水平体育后备人才基地"。年少的杨倩有一点已经明白,她不再是个单纯的学生,身上多了一个运动员的身份,她要在这里开始人生新的征程。

在介绍资料上,她了解到学校开设有田径、体操、艺术体操、足球、篮球、排球、沙滩排球、射击、射箭、自行车、蹦床技巧、击剑、马术、冰雪项目、街舞这15个奥运竞技项目。学校的日常管理主要实行学生的训练、文化教学和生活"三集中"模式,实施学期内上午文化学习、下午体育训练的作息制度,每周休息一天。

这是一个适应过程。

第九章

杨倩在家的时候,最爱睡懒觉,能多睡一分钟也好,可到了体校,没有人惯着她,每天早上7点不到她就得起来,不起不行,7点45分就要上第一节文化课,一个上午要上五节课。起晚了,来不及吃早饭,饿肚子的事她不干。

上课的时候,杨倩是认真的,只是这个慢的习惯还是改不了,她索性就不改了。虞利华教练跟她说过,射击就是要慢,不能急,一急就打不好。她还没有摸过枪,听说枪很重,不知道自己的小胳膊能不能扛得起来?

第五节课的下课铃响了,安静的教室立刻就喧哗起来,动作快的男生已经以百米冲刺的速度跑了出去。更夸张的是,有的男生在铃声还没有响之前,已提前一步偷偷把窗户打开。一听到铃声,就直接从窗户飞出去,把杨倩看得一愣一愣的,她心想,这是碰上大侠了,还会武功? 一问,原来大家这么急着赶去食堂,是怕去晚了没好菜吃。等杨倩慢悠悠地来到食堂,果然,已经没什么菜了。几天以后,杨倩也成了一名"冲锋队员",因为她发现中午若没吃饱,下午根本没精神训练。

吃好午饭,杨倩回宿舍睡个午觉。除了她,同宿舍还有两个女生,三个人一间,都是射击队新队员,大家年龄相仿,再加上她从不跟人计较的性格,三个人相处得很愉快。下午的训练从1点30分开始,一直到5点结束,虞利华亲自带她们。

枯燥的训练,把杨倩之前以为学射击很好玩、很有趣的幻想彻底打破了。为了练习动作的持久性,她的手臂被固定在一个姿势上,需要一动不动地保持一个小时。刚开始还好,慢慢地,她整个身体就僵硬起来。再过一会儿,她感觉身体里像有无数只蚂蚁在咬,又酸又麻,浑身上下说不出的难受,手臂痛得直想哭。头上的汗水,沿着脸颊流下来,一滴滴落在地上,没办法,只能忍着,熬着。她的脑子里想着虞教练说过的话,一个运动员如果意志力不过关,经不住考验,是不可能成功的。最终能站在最高领奖台上的人,必定是个意志力超群的人。

道理在实践中慢慢懂得,可不管怎么说,她的年纪还小,还是孩子心性,实在忍不住,杨倩会趁教练不注意,偷偷动一下手,又赶紧作"泥塑木雕"状。

除了练立姿,还要练跪姿和卧姿。每次训练结束,杨倩都感觉手臂和两条腿不是自己的,它们在练的过程中已自动脱离了躯干。她得费很大的劲才能把它们给找回来,安在身体上。这份辛苦,没有亲身体验过的人说不清楚。

练了持久性,还要练平衡性。

"一个个排好,用单脚站立,闭眼,让我看看你们能站多久。"一身运动装的虞利华走了过来,他原本带了20来个男队员,现在多了3个小姑娘,大家都在一起训练。

在教练面前,再调皮的队员都变得老老实实,一个个"金鸡独立",闭着眼睛站在那里。10分钟后,已经有人撑不住了。20分钟过去,虞利华的视线落在杨倩身上,这个小姑娘能坚持这么久,平衡性不错,他暗自点头。最后,平衡性最好的男队员站

第九章

了近半小时,杨倩站了二十多分钟,在所有队员中,这个成绩已经很突出了。

又一堂训练课。

"你们都举着枪站到海绵垫上去,站稳了,不许动。"训练时,虞利华的神情很严肃,一点都不含糊。

举枪站在海绵垫上训练的是队员的平衡性和对力量的控制。在训练队员方面,虞利华有一套自己独特的方法。他还让队员们进行平板支撑等腰腹训练,在日复一日、枯燥且单调的训练中提高他们的意志力水平。

好不容易时间到点,这时,虞教练的一句"今天训练到此结束"犹如天籁之音。杨倩紧绷的神经一下子放松下来,一屁股坐在地上,坐了很久,才慢慢缓过劲来。另两个女孩也一样,瘫在那里一动也不想动。

有喜欢捉弄小师妹的男队员看三个小女孩一副不想起来的样子,走了过来,故意踢她们的腿。三个小女孩就向他齐翻白眼,然后爬起来,活动一下手脚,脱下厚重的训练服,换上自己的衣服去洗澡、吃晚饭。晚上还要上晚自习,一直到晚上8点30分,一天的学习和训练才算结束。等回到宿舍,躺在床上,杨倩浑身像散了架似的,一点想法都没有了。

新的一天又开始了。

不是上课,就是训练,每天过着一样的生活,从宿舍到教室到训练场馆再到教室到宿舍,一个圆圈。

重复的单调,单调的重复,每次看到别的小朋友可以出去玩,杨倩心里无比羡慕。再加上平日里辛苦的训练,这对 11 岁的她来说,能否坚持下去,确实是个很大的考验。

终于有一天,同宿舍的三位"00 后"小姑娘开始"密谋"一件大事。练射击太苦,她们不想练了,想回家。你一句,我一句,表示着不练的决心。杨倩觉得自己熬不下去了,她想,大不了回去用功读书,以她现在的成绩应该还跟得上。主意打定,三个小姑娘决定第二天下午收拾行李离开。

上午的文化课继续上,等下午训练的时间到了,场馆里不见那三个小姑娘的身影。虞利华很纳闷,就叫助教项晓晓去宿舍看下。项晓晓赶紧跑到女队员宿舍,一看,人都在,怎么一个个在收拾行李?她有些摸不着头脑,忙问道:"你们在干什么?"

"项教练,我们几个决定不练了。"其中一个小姑娘边把衣服塞进箱子边说。

"不练了?"项晓晓一时有些"蒙圈"。她也是运动员出身,自然知道射击训练确实辛苦,每天不是趴在那里,就是站在那里,或是跪在那里,一动都不能动,手脚麻得不行,没有强大的意志力,是很难坚持下去。但除非教练主动把队员"赶走",像这种直截了当就"罢训"的事她是第一次遇上。这让项晓晓意识到这些"00 后"孩子跟她那个年代的人不同,她们更有个性和主见。这三个小姑娘都是射击好苗子,不能就这样放手,项

第九章

晓晓给虞利华打电话,说了相关情况,便坐下来,苦口婆心地进行劝说,安抚她们的情绪。

虞利华得知原因,很吃惊,他算是个细心的人,很注意观察队员情绪,特别是这些刚来不久的小姑娘,一下子换个环境,训练又不轻松,思想上有起伏很正常。不过"罢训"这件事他之前还真没遇到过,这几个小姑娘年纪轻轻,胆子倒不小,虞利华哭笑不得。他明白这思想疙瘩必须彻底解开,要杜绝这样的事再次发生,对这几个好苗子,他很重视。项晓晓做了一番思想工作后,那两个小姑娘打消了"罢训"的念头,只有杨倩坚持要回去。项晓晓把情况反馈给虞利华,虞利华连忙给施安方打了个电话,说了杨倩不想练的事。

施安方接到电话后,听说杨倩不想练了,心里"咯噔"一声。自从女儿去了宁波体校,每一周或两周回家一次,是听她说过训练太苦太累,不过不想练的苗头还真没发现。这次不知道是怎么回事,是不是发生了什么事;施安方不禁担心起来,她跟杨利成一说,杨利成听到女儿不想练,第一个反应就是,不想练就不练了,回来好好读书。施安方对丈夫的无原则宠女很无奈,她决定马上进城,和女儿好好谈谈。

到了体校,施安方先去找教练,虞利华有事刚好出去了,项晓晓接待了她。

"项教练,你跟我说实话,杨倩练射击有没有天分?"施安方认真地问。

"虞教练很看好杨倩,我也觉得她的天分可以。"项晓晓说。

"那好,我去做她的思想工作。"施安方很干脆地说。

当杨倩看到母亲出现在面前,有些心虚。下午项教练已经跟她讲了很多道理,她其实心里已经动摇了。

"妈妈,你怎么来了?"杨倩故意装作若无其事的样子问道。

施安方看了一眼女儿,自己生的娃,那点小心思岂能瞒过她,便说:"我为什么来,你不知道?"

"不知道。"杨倩暗下决心,一定不能在母亲面前承认自己打退堂鼓。

"找个地方,妈妈有几句话想跟你讲。"施安方说。

另外两个小姑娘见此情形,连忙说她们有事要出去,把宿舍让给母女俩。关上门,施安方在女儿的床边坐下来,和颜悦色地问道:"现在可以跟妈妈说说,究竟怎么回事了吗?我听虞教练讲,你不想练了?"

杨倩低着头,眼睛盯着自己的脚尖,她没想到虞教练会给母亲打电话,还以为这事过一夜就过去了,明天该上课就上课,该训练就训练,就当没发生过。见母亲问,她摇了摇头说:"没有。"

"没有?那你们教练怎么会打电话过来?说吧,什么事?"施安方耐着性子问。

杨倩见逃不过,只好老老实实把前因后果说了一遍,怕被母亲批评,她忍不住诉起苦来:"妈妈,你不知道,训练实在太苦了,早知道我就不来了。"

第九章

"你还记得你要来之前,妈妈跟你说过的话吗?我当时就跟你分析过,当运动员没那么轻松,很辛苦。这条路是你自己选的,既然选择了,你答应过妈妈不会半途而废,你看看你,才练了多久,就生出这种不该有的念头,你觉得你做得对吗?我们每个人都要对自己的选择负责。"施安方把女儿拉到床边坐下,语重心长地说道。

杨倩的头垂得更低了。半天,才嘀咕一句:"我还以为射击很好玩,谁知道会这么苦。"

"可你已经走进了这道门,再苦也要坚持下去。杨倩,妈妈没想过你能成名,但既然你选择了射击,教练也说你很有天分,很优秀,你就不应该放弃。"施安方硬着心肠说。

母女俩经过一番谈心,杨倩又在妈妈面前哭了一场,把心里压抑的情绪释放了出来。

"妈妈,你放心,我会坚持练下去。"杨倩向母亲保证道。

"妈妈相信你。"施安方把女儿搂在怀里,安抚地拍拍她的背,"好好听教练的话,妈妈回去了。"

"我会的,妈妈再见。"

"再见。"

等施安方离开时,她已完全平静下来。

望着母亲的背影,杨倩暗下决心,以后训练无论多么辛苦,她再也不说放弃的话,这条路,她会坚定不移地走下去。

第十章　在静与动之间穿梭

穿上厚重的训练服
屏蔽尘世喧嚣
你是蓄势待发的箭
你是爱笑的阳光少女

宁波体校射击训练场馆里,队员们正在紧张训练中。训练场馆的条件比较简陋,大热天,没空调,连电风扇都没有。没有人说话,一个个站成一排,如松的姿势,每个人面前摆着一张小方桌。门外,是在不同距离竖起的纸靶,上面有编号,与运动员站的位置的编号相同。

射击比赛时用的是电子靶,但日常训练用的是纸靶,靶上共有10环,中间最小的一点就是10环,10环直径0.5毫米,如果打中正中心就是10.9环,难度可想而知。以1元硬币为参照物,大概在4环的位置,普通人在10米处用肉眼看纸靶都非常难,更别说靶心了。正因为太小,所以纸靶被贴在一个正方形的木框中心。你打10米气步枪的,就站在10米远的地方。你是练50米的,就站在50米远的地方。当然,50米的靶纸大小和10米的靶纸不一样。运动员若想打出好成绩,必须凭借常年训练的超强手感和稳定心态。

杨倩站在10米线那里,训练服里面的衣服早已湿透。刚开始训练时,她不懂为什么要这么穿:最贴身的是紧身内衣,外面加一件线衣,最后是外套。外套是根据运动员身材量身定做的,衣服加裤子有 10 多斤重,一年四季都这么穿,无论酷暑或者严寒。后来她知道了,原来射击服由块状拼接起来,有一定的硬度和强度,它不仅有利于运动员放松肌肉,还能够支撑运动员的身体,固定他们的动作,不让姿势来回变化,以达到保护运动员的肩部、腰部和腿部的效果。一套"硬核"射击服总价值 1.4 万元左右,运动员走到哪儿带到哪儿,而且不能清洗,"人衣合一"。国际射击联合会规定,步枪运动员必须穿着射击服比赛,且射击运动员的单层衣服厚度不得超过 2.5 毫米。

除了衣服,杨倩穿的鞋子也很特别。鞋底较平,边上稍微翘出,可使得她站着更平稳一点,这样的鞋子有五到六斤重。

她的手上戴着的也是专用的射击手套,这手套是根据运动员的喜好和不同姿势定制的。射击姿势以卧姿为主的运动员佩戴的手套,手掌中有两块硬处能够把手腕很好地保护起来。气枪运动员手套的两边要更软一点,相对来说,触感更好一点。

她手中的气步枪是由高压气体作为动力进行发射的枪支,一方面是按照枪的特色建模,另一方面是根据人体进行专门设计。气步枪中有一个气瓶,通过这个气瓶的气压发射子弹。气步枪还有瞄准具,刚接触的时候,杨倩以为那里有放大镜,谁知道根本没有。把一颗口径 4.5 毫米的铅弹由枪膛装进去,依靠气压压上去。

好了,准备击发。

打完一颗,再填一颗,继续。

杨倩时刻牢记虞教练说过的话,每一位神枪手都是经过长年累月的刻苦训练,无数次抬腕、瞄准、扣扳机后,举手投足之间才能做到"眼前无靶,心中有靶"。

就这样,一个小时一个小时过去,不断重复着抬腕、瞄准、扣扳机的动作。

心无杂念。心平如镜。

对训练中的杨倩来说,情绪是不存在的,它已被剥离在训练服外,等她脱下那套厚重的衣服,各种生理的、心理的感受才会蜂拥而至,占据她的躯体和情感。

想哭、想跳、想呐喊,最终都变成小姑娘脸上带着甜味的笑容。

从习惯到自觉,杨倩对射击从最初只是觉得好玩、感兴趣直到把它当一回事,其实理由很简单,就是既然决定练下去,那就好好练。

又一个周末来临,想到已经有两个星期没回家了,训练结束,杨倩背起双肩包,匆匆离开学校。之前,每次回去爸爸或妈妈会来接,不久前,爸妈问她,一个人回家行不行?她觉得可以,父母就不来接了。

从宁波体校到杨家弄村,她需要转三辆公交车。可能是太累,在第二辆公交车上,杨倩睡着了,醒来一看,已坐过很多站。她只好下车,问行人借了手机给妈妈打电话,说公交车坐过头了。施安方见时候不早,便让她打车回来。

到家,桌上的饭菜已热了好几次。看到最爱吃的油焖大虾,杨倩就把在公交车上睡过头的事给忘了,很开心地吃了起来。

"妈妈,上次我带来的那几个同学都说你做的菜很好吃,他们可喜欢了。我同宿舍的一个女同学,她家不在宁波,说下次放假了,想到家里来住几天。"杨倩边吃边说。

"好啊,你带来好了,妈妈做好吃的给你们吃。"施安方看到女儿吃得这么香,想着学校的伙食哪里有家里好,不禁有些心疼,只是没在脸上表现出来。

杨利成坐在旁边,笑眯眯地看着妻子和女儿交流,见杨倩吃得差不多了,才问她在学校里的情况。

"都好,我每天都很认真听课,认真训练,你们放心。"杨倩说。

夫妻俩对女儿的懂事感到非常欣慰,又说了一会儿闲话,他们就叫她早点去休息。杨倩撒娇道:"妈妈,好不容易回家一趟,我想玩一会儿你的手机。"

"注意你的眼睛,不能多玩。"施安方提醒道。

"我就稍微玩一会儿。"杨倩举起一只手,作保证状。

"玩一会儿就玩一会儿。"杨利成劝慰妻子,"她还是个小孩子,难得放松一下。"

施安方没接丈夫的话,只是轻声对杨倩说:"妈妈相信你,你自己掌握。"

杨倩点点头。她喜欢玩,可更多时候她还是能克制住"玩"这个念头。玩了一会儿手机,她就乖乖地去睡觉了。

这次可以休息两天,杨倩想好了,周六白天陪父母,等傍晚的时候她要进城,去宁波大学,有个表姐在那里读书,她想过去住一晚,周日下午直接从那里回学校。表姐是姑姑的女儿,一直对她很好,很久没见了,杨倩很想念她。

下午刚吃过午饭,爷爷过来了,说晚上村里演戏,戏台子搭好了,还有很多摆摊的,问杨倩要不要去看看。杨倩想着反正没事,那就去看看好了。

到了搭戏台处,杨倩一看,还真热闹,有卖各种水果的、贴大饼的、炸爆米花的等,村里的小朋友在各摊位前流连。

"杨倩,你想吃什么,爷爷去买。"爷爷慈祥地对她说。

"爷爷,我们去看下那个气球摊。"杨倩用手指了指不远处的一个摊位说。

"好。"

祖孙俩走到气球摊前,一只只五颜六色的气球挂在移动的铁丝架子上,而地上的塑料布上摆着一些洋娃娃、小熊之类的玩具。

"一元一次,打中了气球,这地上的东西随便选。"摊主是个中年男人,长着一张长脸,一双小眼睛闪烁着精光,正大声吆喝着。

有两个小青年过来,其中一个拿起气球枪,填上塑料子弹,就朝气球打去。

"啪"一声,没中。

再来,"啪"一声,又没中。

一"击"惊人

第十章

"奇了怪了,明明瞄准了,怎么老打不中?"小青年不信邪,又连续打了好几枪,可惜只中了两次。

"你这枪是不是动过手脚?"那小青年歪着头问摊主。

摊主连忙摇头,一本正经地说:"不可能,我哪有这本事?"

小青年没了兴趣,扔下一张十元钞票就走了,至于玩具,他一个大男人谁要这玩意儿。纯赚,摊主乐得眼睛眯成了一道缝。

杨倩站在旁边观察,那小青年打枪的时候,从她的视线看过去,确实是瞄准了。按理说,这么大一只气球,距离又没几米远,为什么就打不中呢?她现在严重怀疑那把枪的准星被人调整过了。

"爷爷,我要打气球。"杨倩转过头对爷爷说。

"你打吧,爷爷给你付钱。"爷爷笑眯眯地看着孙女说。

杨倩拿起那把气球枪看了一眼,心中立马有数了。她填上塑料子弹,一抬手腕,把枪口稍微抬高一点,瞄准,"啪"一声,气球被打爆了。

摊主一愣,打量着杨倩,他没想到这个小姑娘这么厉害,居然第一枪就把气球给打爆了。摊主以为是运气好,虽心疼,但也没说什么。

"啪",又打爆一只。

随着一枪一个准的"啪""啪""啪"的声音,气球摊前围满了看热闹的人。摊主的脸色已经不是一点点难看了,眼看着架子上的气球快被打完了,摊主只好哭丧着脸说:"小姑娘,小姑娘,求求你,别打了,行吗?你这样打下去,我亏死了。"

杨倩放下气球枪,数了数被打爆的气球,有十多只呢。站在一边的爷爷见孙女不玩了,连忙付了钱。杨倩挑了十几样玩具,顺手送给旁边看热闹的孩子们,然后和爷爷一起心满意足地走了,留下摊主在风中凌乱。当摊主听到旁人说,刚才那小姑娘是学射击的,才算是明白过来,自己遇到高手了。

晚上,杨倩如愿以偿和表姐睡一个被窝,姐妹俩说了很久的悄悄话。第二天,杨倩离开宁波大学回体校,临走前,表姐塞给她50元钱,让她打车去学校。杨倩就很听话地打了一辆出租车走了。

车子开到半路,杨倩突然发现表姐给的50元钱不见了,身上只有几元零钱,根本不够打车费,她慌了,忙对司机说:"叔叔,我可不可以借下你的手机给我妈妈打个电话?"

司机把手机递给了她。杨倩忙接过,拨通了施安方的电话,带着哭腔说:"妈妈,我把姐姐给我的钱搞丢了,现在在出租车上,我该怎么办?"

施安方一听,不禁扶额,对女儿丢三落四的毛病她一直很无奈,这会儿钱丢了,她也没办法,只好说:"你把手机给司机师傅,妈妈跟他讲。"

杨倩把手机还给司机,对他说:"叔叔,我妈妈要跟你说话。"

司机已从杨倩与她妈妈的对话中知道杨倩丢钱的事,就接了电话。施安方在电话里说:"师傅,麻烦你把我女儿送到宁波体校,我跟她教练说,让他过来付车费。"

司机说:"好的。"

施安方挂了电话后给虞教练打了个电话,可虞教练在外开会,不在学校。施安方又打电话给司机,这时她有点急了。

"你不要急,我会把你女儿安全送到。"司机说。

施安方连声道谢,又嘱咐了杨倩几句,让她到学校后,向门卫大爷借点钱,把打车费付了。杨倩说她知道了。

半个多小时后,施安方接到司机打来的电话,说已安全把杨倩送到体校,请她放心。

"车费多少钱?我女儿有向门卫大爷借钱给你结账了吗?"施安方问。

司机爽朗一笑:"这趟免费。你不要去骂孩子,孩子都这样。再见。"

说完,电话就挂断了。施安方拿着手机半天没有回过神来,她心里非常感动,庆幸女儿遇到了好心人。她往学校宿舍楼打电话,杨倩跑来接,她告诉母亲,这位司机叔叔不但没有收她车费,还给了她 20 元钱,让她下次小心点,她觉得自己的运气真好。

"这世上还是好人多。"施安方感慨地说。

第十一章 那个外号叫"亲爹"的男人

让我扶你们上马

从这里出发

踏过千山万水

目送雏鹰高飞

在杨倩的成长道路上,离不开一个重要人物,那就是教练虞利华。如果说杨倩是千里马,虞利华无疑就是伯乐。

在宁波体校射击队,虞利华有个外号叫"亲爹",也不知道是哪个队员最先叫出来的,反正最后队里20多个队员私下都这么喊他。既然是"亲爹",自然是要事事操心。

作为一名教练,虞利华很爱才、惜才。在他眼里,这些小小年纪就离开父母来体校学习射击的孩子,跟自己的孩子没什么两样。所以,他一方面教他们技术,另一方面教做人的道理,两手都抓,不敢有丝毫放松。他的下班时间从没有固定过,因为他随时都在训练中观察,发现谁状态不好,等训练结束就把他留下来,单独谈心,及时疏导,不让不良情绪过夜,以保证每个孩子每天都高高兴兴去上课,开开心心来训练。他还管着这些孩子的生活费,谁要花钱了问他去拿。孩子来拿钱的时候,他都会多问一句,就怕他们乱花钱。除了管理正常的学习和训练,他还要处理突发事件。

有一次,杨倩和同宿舍的两个女孩在休息时间一起去玩跷跷板,结果有一个女孩不小心摔下来,骨折了。那位女孩的妈妈赶到学校,对杨倩和另一个女孩破口大骂,怪她们害了她女儿。两个小姑娘感到很委屈,可又不知道该怎么办,眼泪在眼眶里打转。虞利华让她们先回去,他来处理这件事。

虞利华早就发现杨倩是个很大气的孩子,虽说这位家长态度恶劣,可她依然跟那个小姑娘一起玩,从不计较。后来,又新来了一位叫邬佳玲的小姑娘,三人组就变成四人组。杨倩很照顾新来的师妹,大家相处融洽。小小年纪,就有这份容人的气量,让虞利华对杨倩有了更多的关注。

忙碌了一天,等虞利华晚上回到家里,已经九点多了。儿子虞博文已经睡了,妻子叶亚波还没有休息,对他的晚归,叶亚波早已经习惯。丈夫一心扑在工作上,不管家里的事,她虽有怨言,但还是表示理解。只是儿子对他很有意见,认为爸爸一点儿也不关心自己,给他贴了一张"不称职爸爸"的标签。对此,虞利华内心很愧疚。一个人的精力有限,他把主要精力都给了队里的学生,对妻儿就疏忽很多。他记得儿子三岁时,自己带着学生去外地集训两个月,等他回来,儿子躲在妻子背后,都不认得他了。他想,以后还是要分出一点儿时间给妻儿。另外,他还有一个想法,想看看自家孩子有没有练射击的天赋。如果有,让儿子也进射击队。

夜很深了,虞利华睡得正香,手机突然响了。他的手机没特殊情况都是24小时开机,睡觉也不静音,就怕学校里有事。闭着眼睛,摸起放在床头柜上的手机,一接电话,人立马就清醒了。原来队里有孩子肚子痛,同宿舍的孩子不知道该怎么办,就给教练打了电话。

"不要急,我马上过来。"虞利华安慰道。放下手机,他用最快的速度穿好衣服,拿起汽车钥匙就要往外走。

叶亚波也醒了,见他深更半夜往外跑,问道:"出什么事了?"

"有孩子生病,我过去看一下。"虞利华说完,就打开门匆匆走了。

他到了学校宿舍,看那孩子痛得蜷缩成一团,便赶紧把孩子送到医院看急诊,又陪着孩子打吊针。等打好吊针,见孩子的情况稳定下来,他再把孩子送回学校。看天快亮了,他索性就不回家了,随便找了个地方眯了一会儿。等大家都起床后,他又去了一趟宿舍,见孩子没啥问题,才松了一口气。

又一个周末来临。

虞利华见杨倩背着双肩包从宿舍出来,随口问一句:"你爸爸来接你了?"

"没有,"杨倩摇摇头说:"我自己坐公交车回去。"

"这里没有直达你家的公交车吧?"虞利华知道杨倩家在乡下,体校位置又偏,不太可能有直达的公交车。

"转三辆公交车就可以到。"杨倩现在已比较熟悉这条线路。

虞利华不禁语塞,这大冬天,下午5点训练才结束,这会儿天都要黑了,小姑娘居然要一个人转三辆公交车回去,孩子父母的心太大了,也不怕路上不安全。他叫杨倩等着,他去开车,然后把她送到有直达车的那个公交车站。虞利华给施安方打了个电话,语气里忍不住有几分责怪:"孩子还这么小,你们怎么放心让她一个人回家?天都黑了。"

施安方在电话里解释,这不是杨倩第一次独自回家,她觉得这样能锻炼孩子,没觉得有什么不放心的。

见施安方这么说,虞利华只能感叹杨倩这孩子太独立,可他还是担心。之前虞利华没注意,他是想当然地以为孩子回家肯定有父母来接,这次如果不是刚好碰上,他还不知道这么远的路,都是杨倩独自一个人回去的。从那以后,遇到杨倩要回家,只要虞利华在学校,他就会抽时间把杨倩送到公交车站。

2012年8月,虞利华带着杨倩等队员前往江西南昌,参加全国青少年射击锦标赛。这是杨倩进宁波体校后,第一次参加全国比赛。那一次,虞利华把儿子虞博文也带上了。刚满10岁的虞博文已经对射击产生了兴趣,平时在家,只要有时间,虞利华就让儿子进行一些基本的训练。这次带上他,也是想让儿子感受一下射击的魅力。

练习射击还不到两年的杨倩,参加的是女子10米气步枪个人和团体两场比赛。在比赛前一夜,虞利华给队员们,特别是第一次参赛的杨倩等新队员上了一堂"解压课"。"任何事都有第一次,你们现在需要积累比赛经验,什么也不要想,放开打就是。"虞利华说。

在众多队员中,杨倩属于那种很听话,很乖,性格又大大咧咧的孩子,这样的孩子几乎没有人不喜欢。听教练这么说,杨倩就记在心里。

第二天,比赛开始。

8月的南昌特别热,穿着厚重的射击服更闷热,谁也没有想到,在紧张的比赛场上,等比赛的间隙里,杨倩居然抱着枪在一边睡着了。这让虞利华又一次对她刮目相看,心想,这孩子是长了一颗多强大的心脏?能在这时候睡着,恐怕是前无古人,后无来者了吧,他越发看好杨倩。

轮到杨倩上场。虽然才练了一年多,第一次参加全国比赛,但她心里并没有什么起伏,感觉跟平常训练没什么两样。若非要说有何不同,就是站在边上的人换成了陌生面孔。

可这些陌生人跟她有什么关系呢?她打好自己的枪就可以了。杨倩是这么想,也这么做的。

最后结果出来,杨倩获得了女子10米气步枪这个项目团体第2名和个人第3名的好成绩。比赛结束,杨倩还跟场上的裁判做了交流。

对杨倩在比赛场上的表现,虞利华比较满意,毕竟只练了这么短的时间,又是首次参加全国比赛,能取得这样的成绩,已经很不错了。在这场比赛中,他看到了这个小姑娘的淡定和超出年龄的成熟。

"你怎么会在比赛场上睡着了呢?"赛后,虞利华好奇地问。

杨倩自己也觉得不好意思，调皮地回答："大概是天太热了吧，瞌睡虫爬上来了。"

虞利华摇着头说："你这孩子，比赛的时候有没有想什么？"

杨倩摇摇头，她是真没想什么，只想一枪一枪认真打好。平时训练，她也一样，她觉得态度最重要。

虞博文跑了过来，他对这位很爱笑的师姐印象很好："师姐，我也想跟你们学射击。"

杨倩说："好啊，到时候我们一起练。"

虞博文很开心地点头，他知道爸爸有让他进射击队的计划。这次在现场感受了比赛的紧张气氛，小男孩心里有了一种跃跃欲试的兴奋感。

2013年初，虞博文如愿进了宁波体校射击队，成为杨倩的小师弟。可惜他只在射击队待了两年，获得的最好成绩是2014年浙江省青少年射击锦标赛30发卧射亚军。后来他就离开体校，一心一意读书去了。

2014年的浙江省第十五届运动会上，杨倩一口气拿下3块金牌，并在女子气步枪40发比赛中打出了399环世界级水平的好成绩。这成绩让太多人惊讶和瞩目，连时任国家队射击总教练、"中国射击教父"王义夫都关注到了，他联系到浙江省队的教练，询问杨倩打出这样的好成绩是练了多少年，一听不到四年，他感到很意外，认为这个小姑娘只要坚持练下去，一定可以走得更远。

来自前辈的鼓励让杨倩变得更加努力，训练起来更一丝不苟，她执行力强，悟性又高，当教练的最喜欢这类学生。

2015年10月，第一届全国青年运动会在福建举行。杨倩获得了女子10米气步枪个人季军和团体亚军。在这一年的浙江省青少年射击锦标赛中，杨倩和队友王玲玲、邬佳玲共同拿下了团体第三名。

虞利华是位很有个性，又对学生特别有责任心的教练。他是真的爱学生，不仅在练的时候管他们，即便送出去了他还要继续管。对那些被淘汰的学生也尽自己的能力帮他们就业，让他们成材。由于他在国内射击圈有一定地位和人脉资源，他会针对不同学生的特长进行推荐，而不是按常规的途径——市级体校的人才只输送到省级体校。之前有位叫陈龙的学生，也是姜山镇人，1992年出生，在10米气步枪、步枪60发卧姿以及步枪3种姿势等3个项目中都有较强的实力。在10米气步枪这个项目上，陈龙的资格赛最好成绩在597环左右。2013年1月，原沈阳军区射击队决定录用他为该射击队的运动员。宁波射击选手加盟部队射击队，这在宁波历史上还是第一次。这其中，离不开虞利华这个"推手"。对杨倩这个好苗子，虞利华经过再三考虑，决定送她去北京，只要能入选清华大学射击队，他相信杨倩一定可以脱颖而出。

2015年12月，虞利华带杨倩去北京参加清华大学射击队冬令营，杨倩通过考核，入选了国家青奥队，取得了"国家级运动健将"称号。

如果说2010年12月,是杨倩人生中第一个重要转折点,从一个普通的农村小女孩走进宁波体校,叩响了射击这道大门,那么2015年12月,是她人生的第二个重要转折点,离开宁波前往北京。而那个外号叫"亲爹"的男人,怀着和她父母一样的心情,目送一只雏鹰展翅高飞,飞向更广阔的天地。

第十二章 北京，我来了

远方在召唤
明天大段的空白
等一双手去书写
无数的可能

虞利华一直有个观点,运动员一定要养,让他们慢慢成才,不能拔苗助长、急功近利,更不能用指标来施压。如果基础没打好,若加量运动,特别是对抗性项目,很容易把一个好好的苗子给练废了,这是对孩子最不负责任的行为。他的这个观点,杨倩运动生涯中的第二位教练高静也非常认同。

这是杨倩的幸运。

2016年2月,虞利华带着杨倩参加了清华大学的体育冬测和后备人才选拔,没有意外,杨倩入选了,开始跟着清华大学射击队训练,师从高静教练。

高静是中国射击队的一名老将,1975年出生于天津,从1994年开始受训于赵俊民教练。1999年入选国家集训队,在著名射击运动员张秋萍门下受训。她是2000年亚锦赛女子气步枪冠军、世界杯女子10米气步枪冠军。在同年的悉尼奥运会射击比赛中,她以497.2环的成绩获得女子10米气步枪铜牌,为中国代表团打破僵局,夺得首枚奖牌。2005年,高静执教清华大学射击队。

虞利华之所以送杨倩到清华大学射击队,一是看好这个平台的优势,射击名将王义夫是该队顾问,张秋萍是该队总教练。王义夫就不用多说了,从1984年到2004年,他连续6次参加奥运会,一共获得6枚奥运奖牌,被誉为"六朝元老""中国射击教父"。而他夫人张秋萍的运动员生涯和执教生涯可以用"传奇"两个字来形容。她曾获得过各项重大国内外赛事的冠军28次,超世界纪录3次,破亚洲纪录12次,带出了奥运冠军杜丽、易思玲,世界冠军高静、单红、赵颖慧、刘天佑、曹逸飞、李佩璟、史梦瑶等著名运动员,国家体委授予她"国际级运动健将"称号。1987年,共青团湖南省委授予她"新长征突击手"、省妇联授予她"三八红旗手"称号。1985年至1990年,连续6年被评为湖南"十优"运动员。1990年,她被湖南省人民政府授予劳动模范称号,记特等功一次,并当选为湖南省政协委员,中共湖南省第六次代表大会代表。2017年12月5日,张秋萍入选2017 CCTV体坛风云人物年度最佳教练奖候选名单。自从2000年接手清华大学射击队后,她把一个场地狭小,仅能训练10米气步枪一个项目;招生困难,运动员选材无从下手;资金支持有限,队伍器材难以保障,运转举步维艰的队伍,打造成一支拥有宽阔场馆、先进设备、人才济济的射击强队。在她的带领下,清华大学射击队传承了"传帮带"的优良传统,队风好队员团结。虞利华相信这样的环境有助于杨倩的成长。送她去,很合适,他也很放心。

事实证明,虞利华的决定是正确的。

在杨倩参加清华大学射击队冬令营之前,虞利华找她谈了自己的想法。年少的杨倩其实并不懂虞教练为什么没有把她送省队,而是直接送到北京去,但她相信虞教练所做的一切出发点都是为了她好。更何况,无论是王义夫还是张秋萍,都是她崇拜的偶像,而高静又是张秋萍的学生,若能在这些前辈的指导下练射击,想想都觉得很开心,她自然没有反对的道理。

当时,杨倩已在宁波体校读了一个学期的高一课程。接下来,她要去清华大学射击队,高中余下学业将在清华大学附属中学(简称"清华附中")完成。

去北京读书,得先解决学籍问题。当时,清华附中的入学要求是,学习成绩要与普通高中生差不多。这个要求对运动员来说,其实有点高,因为运动员在校期间有一半时间是在训练。虞利华去找鄞州区体育局领导,希望能得到他们的帮助。还是当年陪虞利华去茅山小学选苗子的那位虞中其副主任,他为了杨倩的学籍,专程去宁波市教育局找人协商。一般情况下,九年制义务教育结束后,没有人会管你接下去读不读书。宁波市教育局同志了解杨倩的情况后,很支持,马上特事特办,给杨倩办好转学籍的相关手续,让她顺利进京读书。

从这个方面讲,杨倩是鄞州区"体教融合"这条路上走出来的佼佼者。鄞州区的体育工作一向做得很好,领先宁波市其他城区。在连续四届市运会上,鄞州区蝉联金牌总数、奖牌总数和团体总分第一。之所以能取得这样的好成绩,跟鄞州区的经济实力分不开。资金充裕,还愿意用在体育事业上,成绩自然就出来了。

2016年2月,春节刚过,空气里还弥漫着节日的气氛。

杨倩在母亲施安方和宁波体校项晓晓教练的陪同下,坐高铁前往北京。一下车,杨倩第一个感觉是这北京的风好厉害,刮得脸生疼生疼的,再抬头看看北京的天空,高远、湛蓝,有一种跟南方完全不同的疏朗和明媚,忽心生欢喜。这一路,她表面平静,内心还是很忐忑不安,远离家人,远离熟悉的环境,无论是生活还是学习,会遇到些什么困难,她心里没有底。可她又怕母亲担心,尽量克制,装作若无其事,甚至还很期待的样子。不过她一向心大,既来之则安之,这双脚一踩在北京这块土地上,她发现自己其实也没那么慌。

在出站口,有一位专门负责射击方面工作的老师来接站。到了清华附中,办好所有入学手续,杨倩就成为马约翰体育特长班的一名学生。打量着环境整洁、绿树成荫的校园,杨倩想起在网上了解到的这所学校的历史,清华附中成立于1915年,已有百年历史,前身是"成志学校"。1952年,成志学校的中学部与燕京大学附属学校的中学部合并,更名为"清华大学附设中学"。1958年,"清华大学附设工农速成中学"并入清华大学附设中学。1960年,清华大学附设中学扩建为"清华大学附属中学"。

在清华大学百年的发展历程中,"无体育、不清华"作为一种共识和文化影响着一代代学子。

作为我国早期的体育代表队之一,清华大学射击队始建于20世纪50年代中期,60年代中后期因历史原因中断。1999年10月,在校领导及国家体育总局射击射箭运动管理中心领导的支持筹划下,清华大学射击队得以正式复建。复建后的射击队由清华大学和国家体育总局射击射箭运动管理中心共建,纳入国家射击集训队管理体系,是清华大学高水平体育运动队之一。清华大学射击队队员由清华大学学生、清华附中学生、国家集训队队员三部分组成,学校秉承"体教融合、学训结合、以学促训"的育人理念,对运动员的学习和训练进行统一管理。多年来,清华大学射击队还与清华附中形成了"贯通式"培养模式,射击队通过在各地中学或比赛中选拔好苗子,使其更早进入清华附中学习并兼顾训练,通过提前试训、严格考核,使"培养的链条更长,质量更可控",保证竞技人才不断输出。与此同时,清华大华射击队也与各省队联合培养运动员,创新实行运动员双重注册制,使队员既能代表省市参加全国专业比赛,也可代表学校参加大学生系列比赛,为运动员增加了锻炼的机会。目标和宗旨很明确,就是为我国射击事业培养出能在奥运会、世界杯、世锦赛上夺取奖牌的复合型体育人才,实践体教结合这一崭新的运动员培养模式。

目光落在刻于墙上的校训"自强不息,厚德载物"八个大字上,杨倩无比清醒地认识到,她已没有任何退路,除了好好训练,更要用功读书。远离熟悉的环境,远离父母和教练,一切都要重新开始。无论怎样,她只有一条路可以走,那就是坚持。

"加油!"杨倩暗暗对自己说。

心里想的是一回事,现实遇到的又是另一回事。第二天早上,当杨倩送走母亲和项教练,回到学校宿舍,她不知道,困难才刚刚开始。

"糟糕,怎么完全不一样?"这是杨倩拿到北京高一教材的第一个念头。之前,她听虞教练说过,浙江的教材和北京的不同,没想到会这样的不同,她很担心,怕自己跟不上。

这一天的课,杨倩一边认真听,一边想着下一步该怎么办。身边没一个认识的人可以商量,想着晚上还是找时间给虞教练发个信息问问,听听他的建议。

下午三点半,下课了。

杨倩匆匆来到训练的射击场馆,换好射击服,开始投入训练。让杨倩没有想到的是,休息的时候,高静教练告诉她,以后每天上完课,训练两小时,然后晚上六点半到九点,射击队的大学生哥哥和姐姐来给她轮流补文化课。

"你现在应以学业为主,训练为辅,为下一步能顺利考进清华大学做准备。杨倩,在很多东西上,你需要比别的孩子付出更多的努力,你明白我的意思吗?"高静看着眼前的少女问。

"我明白,我会好好努力,高教练,谢谢您!"杨倩扑闪着那双明亮的大眼睛说。

"你年纪还小,眼下我们要稳扎稳打,把基本功夯实,不要急于求成。如果基础没打好,即便一时爬得很高,跌下来也会很快。"高静说。

杨倩点点头。她想既然已来了北京,如果不好好读书,不好好训练,怎么对得起爸爸妈妈和虞教练?而且也对不起自己这几年的付出。苦,不能白吃。已经走上了这条路,那就继续好好走下去。

清华大学射击队"传帮带"的优良传统,让杨倩为自己能成为这个集体中的一员而感到骄傲和自豪。同宿舍的师姐姓邱,杭州人,很喜欢杨倩,对这个师妹有诸多关心。杨倩叫她邱姐姐,她有什么事都跟邱姐姐分享。在队里,还有一位虞教练的学生,那位师兄也很关照这位小师妹。杨倩很快就融入了这个温暖的大家庭,她不敢松懈,怕辜负了这么多的关爱。

晨读,认真听讲,做笔记。学会时间管理,合理分配运用。杨倩每天的训练时间虽然不长,但效率很高。这让高静非常欣慰。

没多久,高静就发现杨倩最大的优点就是稳,特别的稳。当枪在手时,她的眼里就再也没有其他东西了,思想高度集中,哪怕边上有很多杂音干扰,似乎都进不了她的耳朵。作为一名教练,高静非常喜欢杨倩的大气沉稳。杨倩文静,话不多,训练起来极认真,敢打、敢拼。要说缺点,就是在生活上比较迷糊,经常是一会儿饭卡找不到,一会又是啥东西找不到,你都要怀疑她脑子里除了射击,其他都装不了。刚开始,看杨倩丢三落四的,高静都替她着急,后来习惯了,只有在旁边多提醒一句。

在2012年的伦敦奥运会上,易思玲为中国奥运军团取得了首金。在2016年8月6日里约奥运会女子10米气步枪项目中,易思玲以415.9环第8名的成绩进入决赛,最终以185.4环的成绩获得了该项目的季军。看到新闻后,杨倩连忙转发到微信朋友圈,并写道:"小易姐很棒!"

对这位师姐,杨倩很敬佩。作为清华大学经济管理学院2011级本科生,清华大学射击队队员易思玲自从在伦敦奥运会获得首金后,一直在国家射击射箭运动管理中心进行封闭式训练,包括饮食也受到严格的控制,她为人善良,乐于助人,对学校里的任何事物都很关心,队员和同学们都喜欢叫她"小易姐"。杨倩告诫自己要好好学习师姐身上努力与自信的品质。

至于奥运会,虽然对此时的杨倩来说,还遥不可及,但由于里约奥运会是射击项目修改规则后的第一场奥运会,作为一名射击队员,杨倩不可能一点都不关心。修改规则后,等于是"从零开始,血战到底"。里约奥运会射击女子10米气步枪项目的决赛采用淘汰制,并且资格赛的成绩不计入其中,重新计分,也就是说进入决赛的八名队员站在同一条起跑线上。决赛总共射击20发子弹,6发子弹过后,每两发子弹淘汰一名运动员,最终剩下两名运动员争夺冠亚军。这样的赛制非常考验运动员的心理素质,再加上现场观众的呐喊声,为射击比赛增添了更多不确定性。

从新闻上得知,此届里约奥运会困难重重,刚进奥运村训练时,由于靶场光线不好,运动员们花了很长时间去适应。在最后一场赛前训练上,易思玲的枪还出现了一些问题,幸好王义夫总教练将她的枪拿到一边进行调试,及时做了处理。闭上眼睛想想,杨倩都能感受到小易姐的这块奥运铜牌来之不易。

不知道自己以后有没有机会到奥运赛场去,想到这里,杨倩不禁一笑。她这个人比较务实,不太喜欢想太远的事,还是先好好读书,好好训练。她还年轻,只要有实力,机会早晚会有的。

第十三章　用汗水丈量成功的距离

用汗水丈量成功的距离

你用铿锵的脚步

让异乡的寒冽

节节败退

2016年12月,杨倩参加了第三届青奥会集训女子10米气步枪选拔赛中的资格赛。在第一场资格赛中,她打了418.5环,第二场,她打了418.7环,总积分35.4分,名列第三。当她拿到积分表看到成绩时,心里还是有些小小的激动。这个成绩,她可以参加2017年正式的选拔赛了。倘若选拔赛能打出好成绩,就有资格参加2018年10月举行的青奥会,这是个难得的机会。但这里有个问题,就是2018年她要参加高考,时间上有冲突。她知道,一旦参加选拔赛,按自己目前的状态,入选的可能性非常大。真入选了,成为青奥会参赛队员,她的训练时间就不是每天两小时了,肯定要进行封闭式训练,到时候她怎么可能去参加高考?就算去考,很大概率会考不上清华大学。

怎么办?杨倩有些拿不定主意,便找高教练商量。

高静也在考虑这个问题。青奥会这个机会确实难得,可如果杨倩不参加2018年的高考,晚一年参加高考,到时候也会遇到类似的选择难题。

师徒两个人坐在一起,就着这个问题进行深入探讨。高静给杨倩仔细分析参加或放弃比赛的利弊。

"杨倩,高教练还是建议你一心一意参加高考,这个可是决定了你能不能继续在清华读书和射击的大事。至于青奥会,这次错过了,以后还有机会,但高考,你若耽搁一年,这一年里不能保证会不会出现其他变数,我认为还是先考大学要紧。对了,2019年有很多场重要比赛,像全国射击冠军赛、全国射击总决赛、第二届全国青年运动会、全国射击锦标赛,还有射击世界杯和亚洲射击锦标赛等,你若拖到2019年参加高考,这些重要比赛就都参加不了。最关键的是,倘若你在这几场比赛中成绩优异,凭积分能获得奥运会选拔赛资格,说不定你还可以去参加东京奥运会。这件事,你再咨询一下宁波的虞教练,还有你父母,听听他们的意见。"高静说。

被高教练这么一分析,杨倩在心里基本上已偏向放弃参加青奥会选拔赛。之前她犹豫是怕自己的成绩,万一没考上清华大学,又错过青奥会,两头落空,岂不后悔?她给虞教练发了信息,又跟父母打了个电话,把高教练的建议做了汇报。杨利成和施安方也是外行,就让她多听教练的意见。无论她做哪种选择,当父母的都支持。

虞利华的意见跟高静一样,认为杨倩眼下最重要的还是读书,先考上大学,再做下一步的打算。

经过一番沟通,杨倩最后决定放弃参加青奥会选拔赛,把精力放在学习上。

时间很快进入高三，班上的学习气氛一下子就变得紧张起来。同班同学都纷纷到校外补课，做好冲刺的准备。而杨倩从高一第二学期开始，一直由队里的师哥、师姐免费给她补课，只是她的成绩在班上不拔尖，也不垫底，一直保持在中游水平。每次看到考试成绩，她就会莫名想起一句宁波老话："中游荡荡，胜过天堂。"这算借口吗？杨倩自己也觉得好笑。并非她不努力，实在是精力有限，学习、训练两头兼顾，对她来说，能保持现在这个状态已经算是不错的了。

高静一直关注着杨倩的成绩，无论是学习还是训练。杨倩高三了，高静觉得仅靠队里的大学生给她补课恐怕还不够，对知识点的梳理不是那么系统，还得去外面专业的培训机构补课，只是补课的费用太高了。考虑到杨倩家里经济条件一般，高静也不清楚她父母愿不愿意花这个钱。

这天，训练结束，高静叫住杨倩，对她说："杨倩，现在是你学习的关键时候，我看仅靠你的师哥、师姐给你补课还不行，像数学这种逻辑思维特别强的科目，还得到外面找专业的培训机构去补，另外，你的英语和语文也要补下。只是北京的培训机构收费特别高，你跟你父母商量一下，看他们愿不愿意出这笔补课费？如果愿意，教练帮你联系。虽说你作为体育特长生，高考分数可以降一点，但也得过清华大学体育生的录取分数线。按照往年情况看，这分数不会太低，清华大学并不是那么容易就能进的，你要有思想准备。"

第十三章

　　杨倩还真没想这么多,平时只有师哥、师姐们轮流给她补课,她也没在校外培训机构补过课,并不清楚两者的区别。听高教练这么一讲,再想想班上其他同学,才意识到此补课与彼补课可能真有不一样的地方,于是马上给母亲打电话,说补课的事。施安方接到女儿的电话后,便说知道了,她会跟高教练讲。

　　这边电话刚挂断,那边高静的手机就响了,是施安方打来的。

　　施安方说:"高教练,杨倩让你费心了,之前一直是队里给她免费补课,省了好多钱。现在她需要到外面去补课,这笔钱要花。我们就她这么一个孩子,钱也是给她存的,早给也是给,晚给也是给,这钱能用在刀刃上最好,需要多少钱,到时候麻烦你跟我说一下。"

　　"好的,杨倩妈妈,你放心,我们会帮杨倩联系周边正规的培训机构。"高静听了施安方的话,心里很感动,毕竟这补课费不是一笔小数目,施安方能毫不犹豫答应,可见对女儿的疼爱。

　　"谢谢高教练!"施安方是真心感激。女儿一个人在北京,隔这么远,自己什么也帮不上,这么一个好教练,事事都站在女儿的角度考虑,以前虞教练是这样,现在高教练也是如此,都比她这个当妈的操心,有这么负责的教练在女儿身边,她很放心。

　　"杨倩,你妈妈很开明,二话不说就答应了,你要好好努力。"高静转过身对杨倩说。

　　杨倩想到父母挣钱辛苦,这一去补课,还不知道要花多少钱,咬了咬嘴唇,点点头说:"我会好好努力。"

晚上回到宿舍,杨倩躺在床上,想着教练和父母,还有师哥、师姐们对她的鼓励与支持,唯有更加努力,好好用功,考上清华大学,才不辜负所有关心自己的人。她又想到了虞教练,来北京后,虞教练依然像过去一样关心她的学习和训练,和高教练保持着联系。每次,只要她取得一点点进步,虞教练就会很开心,给予她鼓励,让她重视文化课学习,平时有空多看书,书可以帮助她以更开阔的视野看这世界,等她面对困难和问题时,思考角度会不一样,心态也会完全不同。

"如果我没有考上清华大学,那真的是要无颜面对江东父老了。"杨倩的脑海里突然闪过这样一句话。"那不行,太丢脸了,还是好好用功吧!"杨倩对自己说。

北京的冬天特别冷,不过杨倩比较喜欢,因为她觉得北方的冷跟南方的冷不一样。北方的冷看起来粗暴,但干脆,不像南方的冷,是那种渗进骨子里的湿冷,黏糊糊的,让人难受,而且北方冬天有暖气,只要一进房间便温暖如春。只是杨倩没想到晚上走在大街上会这么冷,冷得她忍不住打了个寒战。自从找好培训机构,交了一大笔补课费后,她每天训练结束,就背着书包匆匆赶往培训机构。

杨倩选的是一对一补习,报了三门课,数学、英语和语文。想到每分钟流逝的不只是时间,还有金钱,她更不敢有丝毫的松懈。不懂就问,笔记本记得密密麻麻。两个小时一晃就过去了,杨倩收拾好东西,跟老师告别。

推开门,北风就灌了进来,杨倩身上立马起了鸡皮疙瘩。

她走到公共自行车停放点,刷卡租了一辆自行车,骑回学校。由于手套忘记放书包里了,她这会儿捏着冰冷的车把,没几分钟,这十根手指已被冻僵,不碰都痛。呼啸的北风吹乱了她的头发,又顺着脖子钻进去,一副拼命想汲取她身上热量的样子。她把自行车骑得飞快,大冷天,这个点,街上行人很少。就算有,也是行色匆匆。每天这么紧张的学习和训练,杨倩有时候也会感觉很累。这一成不变的内容,日复一日,实在枯燥得很,可再想想,这世上哪有轻易就能获得的成功?眼下她什么都不需要去想,先考上清华大学再说。

自行车轮滚滚向前,昏黄的灯光下,是少女孤独前行的身影。

回到学校,等她洗漱好躺下,已经很晚了。不过想到第二天难得可以休息,杨倩就把被子一卷,双眼一闭,什么也不管了。她实在欠下太多的睡眠债,恨不得睡个天昏地暗。

第二天早上睡了一个懒觉起来,温习了一会儿功课。吃过午饭,杨倩又开始午休,这一睡,让她忘了下午还有训练课。

下午,高静在射击馆等到3点40分,还不见杨倩来,不由得焦急起来。她担心杨倩跑出去玩了,万一在外面出了什么问题,那不得了。她连忙打杨倩手机,没人接,又急急拨通杨倩班主任的电话,问有没有看到杨倩,班主任说没看到。高静想跳脚,又从手机通讯录中搜出杨倩宿管老师的电话号码,打过去,请她去杨倩的宿舍看一下杨倩在不在。没多久,宿管老师的电话回过来,告诉高静,说杨倩在屋里睡觉。高静悬着的心总算放了下来,可有些生杨倩的气。

再说杨倩被宿管老师叫醒后,才想起下午有训练课,暗叫不好,慌忙穿好衣服直奔射击馆。看到高教练,不知怎么的,自责的泪水突然就涌了出来。

"你哭什么?"高静忍不住批评道,"训练这么大的事都会忘?你还是三岁小孩?"

"高教练,我错了,您罚我吧!"杨倩边抽泣,边羞愧地低下了头。

"自己去领罚,把落下的时间补上。"高静一脸严肃地说。

杨倩含着泪抬起头,偷偷看了教练一眼,她其实心里还是有点怕高教练,就老老实实站在那儿哭了一顿。

哭好了,擦干眼泪,她跑去换射击服,认认真真练了起来,一点也看不出刚哭过,一副认真的样子。高静摇了摇头,一脸无奈。她发现杨倩这孩子很多事情不往心里去,事情过了就过了,过了之后还是原先那个样。平心而论,这种性格还是挺好的。而且从另一个方面来看,说明杨倩的抗压能力比较强。对一名运动员来说,这是天生的优势。高静也不是真生气,所谓没有规矩不成方圆,像杨倩这么喜欢睡觉的队员,她还真没遇到过。等训练结束,高静对杨倩说:"下不为例。"

杨倩很乖巧地答应,再三保证,以后再也不会出现这种情况。

"你啊!"高静用手指点了一下杨倩的小脑袋,恨铁不成钢地说,"你要长点心,下次再这样,我真要生气了。"

杨倩举起双手作投降状,调皮地朝教练扮了一个鬼脸,便嘻嘻哈哈地跑开了。

"这孩子,真是。"高静摇摇头。她算是看明白了,这位就是一个不长心眼的孩子,你批评归批评,至于那些话有没有进她耳朵里,到心里去,天晓得。

第十四章 / 有梦想的人生才精彩

踩在坚实的大地上
放飞梦想
从此每一粒星辰都带着
青春的光芒

2017年12月29日,清华大学发布了2018年高水平运动队招生简章。

从招生简章的内容看,无论是学生运动员还是运动员学生,想被清华大学录取,都不是一件轻松的事。

首先看报考条件,学历和运动成绩必须达到下列条件之一:(1)高级中等教育学校毕业,获得国家二级运动员(含)以上证书且高中阶段在省级(含)以上比赛中获得集体项目前六名的主力队员或个人项目前三名;(2)具有高级中等教育毕业同等学历,获得国家一级运动员(含)以上证书;(3)具有高级中等教育毕业同等学历,近三年内在全国或国际集体项目比赛中获得前八名的主力队员。

其次,要符合教育部规定的高校招收高水平运动员的其他报考条件。

在招生程序上,高水平运动队的选拔和认定,要经过考生申请、初审、文化课考试(B类项目)、资格审查(射击)、体育专项测试(射击参加全国统测)、认定和公示等,少一样都不行。而所有申请清华大学高水平运动员的考生需通过清华大学本科招生网"网上报名"系统进行报名,时间是2018年1月1日到1月5日。

杨倩是申请考生中的一员。

注册、填写申请表格,通过初审后,她将申请表格打印出来,再拿到清华附中等相关部门去填写意见、加盖公章,在冬令营报到时递交申请表格、等级证书、参赛秩序册本人页及相关成绩证明复印件等4项材料。申请成功后,杨倩又凭着报名号和个人密码进行后续申请进度(初审)、认定结果的查询。

按照规定,如果符合报名条件的人数超出专项测试条件允许的范围,清华大学将组织专家进行初审,初审标准将高于报名标准。初审合格方可从报名系统中打印相关证件,初审不合格者不接受现场报名,不允许参加测试。初审主要依据考生网上报名填写的相关信息,初审结果于2018年1月8日在报名系统内公布。冬令营报到时如发现考生网上报名所填信息与实际情况不一致,将取消考生的测试资格。

在《关于做好2018年高校高水平运动队有关考试招生工作的补充通知》(教学司[2017]13号)中,明确规定,射击项目要参加专项全国统测。

具体要求是,考生通过初审后应参加冬令营,清华大学将在冬令营期间组织专家根据考生的材料进行资格审查,考生参加冬令营应提供等级证书和竞赛成绩证明原件。资格审查承认的竞赛包括:各类国际比赛、各类洲际比赛、全运会、青运会

（不含预赛）、中国射击协会主办的全国系列赛（协作区比赛除外）、全国青少年射击比赛（不含团体）、全国重点学校比赛（不含团体）、全国U17比赛（不含团体），以及省级比赛（不含团体）。资格审查合格的考生再按要求报名参加专项全国统测，专项测试总分为全国统测分数加上资格审查附加分，专项水平排序以考生总分为准。

最后，清华大学会根据考生的体育专项测试水平，文化课考试成绩（B类项目），综合表现和各项目对不同位置、不同分项的急需程度确定高水平运动员认定名单，按照教育部相关规定进行公示，并与被认定的高水平运动员签订"高水平运动员认定协议书"。而获清华大学高水平运动队认定的学生，必须经过当地高水平运动员测试并获得通过。被认定的考生在高考录取中可以享受如下优惠政策：

（1）A类项目中部分运动成绩特别突出符合教育部关于高水平运动员单招条件的，需参加国家体育总局统一组织的运动训练、武术与民族传统体育专业单独招生文化课考试，通过后予以录取。

（2）A类项目中其他被认定的高水平运动员，当其高考实考分数达到当地同类科目第二批次最低控制线的65%（部分A类项目考生要求达到当地同类科目第二批次最低控制线）时，予以录取。

（3）B类项目被认定的高水平运动员，当其高考实考分数达到当地同类科目第一批次最低控制线下20分时，予以录取。

射击是A类，杨倩若想享受高考分数优惠政策，除了要被认定为高水平运动员之外，还必须在4月份的全国射击专项统测中拿到第一名的成绩。不然，进清华，很悬。

时间很快到了2018年4月射击项目专项统测的日子。高静带杨倩等人前去参加。她们提前一晚到达比赛地，为了能保证睡眠，一人一个房间。晚上睡前，高静特意提醒杨倩把手机闹钟设置好，不要睡过头了。杨倩把头点得像小鸡啄米。高静想想，这孩子心再大，明天这么一场重要的测试总会放在心上，她也就没再唠叨。

第二天早上，大家各自起来，吃早餐的吃早餐，做准备的做准备，高静也自顾自忙着，直到要出发了才发现杨倩不在。打她手机又是没有人接，她还以为杨倩是不是起来晚了还在餐厅吃早餐，赶紧跑去，没有人，又在宾馆找了一圈，没人，突然想到会不会还在睡觉？忙叫服务员开门进去。一进房间，窗帘拉得严严实实，床上的人睡得正香。

高静一把拉开窗帘，阳光顿时就射了进来。杨倩醒了，看到教练一脸怒容站在床前，吓了一大跳，再看手机上的时间，知道坏了。高静强行按捺住心头的怒火，命令道："给你五分钟时间。"说完，她气冲冲地走了出去。

杨倩赶紧去卫生间洗漱，胡乱擦了一把脸，扎起头发，背起双肩包出门。

高静在电梯口等她,看她出来,又不放心地问了一句:"身份证、取枪证和考试的证件都带了没有?"

"带了带了。"杨倩连忙回答。

坐车来到统测地点,杨倩翻包时才发现取枪证没带。她忸怩地走到高静面前,低声说:"高教练,我取枪证忘记带了。"

"你,你这孩子怎么这样?出发的时候我不是提醒过你,你真要把我给气死。"高静的怒火直冲脑门,她真想揪住这个姑娘的耳朵,让她长长记性。

"你知不知道,这次测试对你有多重要?是决定你能不能进清华大学,你到底明不明白,气死我了。"高静一边说,一边看时间,还有一点余地,她让杨倩等着,自己以最快的速度去给杨倩找证件,把枪取了出来。为了不影响杨倩的心情,高静只好有气装没气,让她进去好好打,心里想着等测试结束,还是要狠狠批评她,差一点就要错过了呢。

结果,统测结束,杨倩拿了第一的成绩回来,搞得高静骂也不是,表扬也不是,为她悬了半天的心总算放了下来。

转眼,经过小半年系统性补课的杨倩迎来了她的高考时刻。

2018年6月5日,杨倩在微信朋友圈发了一条:"考前最后一条朋友圈,G1501马到成功!"

杨倩参加的是北京市普通高考,一样的试卷,只不过别的考生是学生,她是学生运动员。高考成绩出来,杨倩顺利达到了清华大学体育生的录取分数线,被清华大学经济管理学院录取,让所有关心她的人松了一口气。

杨倩没有把录取通知书寄到家里,而是寄到了队里。收到录取通知书那天,她和高教练一起拆开了信封。杨倩如愿以偿,她很开心。当然,开心之余不忘向父母和虞教练报喜。由于考前压力大,被一种莫名的焦虑困扰,她已经有一段时间没跟家里联系了,怕打电话没控制住脾气,和父母发生矛盾。现在可以了,整个人都轻松下来。杨利成和施安方一样惦记着这件事,只不过怕给孩子压力,不敢主动联系她,接到电话后,两人非常高兴,喜讯很快在亲友中传开。

"杨倩,恭喜你考上清华大学,继续好好努力。"虞教练的信息来了。

"虞教练,我会继续努力的。"杨倩回复道。

"杨倩,过来,我们一起拍张照。"高静笑着招呼杨倩。

两个人先拍了一张合影,又各自单独拍了两张单人照。其他队员也纷纷向杨倩表示祝贺。

通过这两年多时间的接触,高静很看好杨倩。虽说高中期间由于学习紧张,杨倩参加比赛的机会并不多,但训练一直没有落下过。另外,高静最清楚,杨倩能考上清华大学并非外界以为的那么轻松。虽然教育部规定被高校认定为高水平运动员的考生在录取时享受一定的政策优惠。但文化课成绩打折扣的前提是运动成绩必须要达到高水平。杨倩之所以能享受到降分优惠,是由于她在射击项目全国统测拿到了第一名。其实,她的高考分数并不低。这两年,高静对杨倩的努力和付出都看在眼里。和那种成为专业的运动员以后返回学校读书的运动员学生不同,杨倩本质上是一个学生,她没有进入过省队,也没有在省队集训过,是直接从宁波体校转到清华附中,她能顺利完成高中三年课程,考上大学,作为教练,高静很欣慰。

杨倩在那里腼腆地笑。她明白,如果没有队里的师哥、师姐们一直轮流给她补课,没有高教练建议在高三冲刺期间去找校外培训机构进行补课,她不一定能如此顺利考上清华大学。

"谢谢高教练,谢谢各位师哥、师姐们!"杨倩真诚地道谢。对所有关心和帮助过自己的人,杨倩都一一记在心里。每当她想退缩的时候,一想起他们,她又有了前行的勇气。她再次想起两位教练说过的话,认认真真学习,踏踏实实训练,每一步踩在实地上,这是成功的基石。她要把心愿写在星空,放飞梦想,朝着更加美好的明天奔去!

第十五章　隐现峥嵘的日子

沉睡的龙

被一声春雷惊醒

云层里隐现的峥嵘

让天空充满寓意

2018年9月1日,杨倩走进清华大学的校门,正式成为清华大学经济管理学院的一名学生运动员。

开学后的第一件事就是军训。

班主任通知,9月2日0点,所有同学都到东大操场集合。杨倩一向动作慢,所以早早就根据要求用布条把行囊打包好,坐在床边,靠在被子上眯一会儿。

窗外,秋风秋雨,好一派萧瑟景象。

这种天气去徒步,而且还要走20公里的夜路,实在是个考验。杨倩在心里嘀咕一句。不过她倒不怕,整天在训练的人,这个拉练强度还行,但深更半夜要走这么多路,还是第一次。

集合时间快到了,宿舍门大开,一个个学生背着行李,穿着雨披奔向东大操场。

雨下得很密,杨倩和舍友一起冲进雨中,寒气扑面而来。很快,脸上就湿漉漉的,杨倩伸出一只手抹了一把脸上的雨水,加快脚步。到了集合点,一个班级一个班级排好队,每个班最前面的同学负责扛红旗。这次拉练,除了全体新同学,还有负责军训的教官们、尖刀班的战士们、辅导员们和医疗班的同学们一起同行。

清点好人数,确认无误,响起教官洪亮的声音:"全体出发!"

这声口令,犹如前进的号角,瞬间引爆冰冷的雨夜。一支支充满了青春活力的队伍,步伐整齐地朝校门外走去。杨倩紧跟着前面的同学,她这个慢性子这会儿被逼着快起来,掉链子的事她不会做。

雨,越下越大,地上积满了水,在灯光下泛着水波。一脚踩下去,鞋子就湿了,走着特别不舒服。

杨倩伸长脖子朝前面看了一眼,走在最前面的是尖刀班的战士们,他们提前跑到各个路口守着。虽是午夜,来往的车辆并不少,而且这个时间,开车的人更容易大意。学生队伍过来了,战士们示意来往的车辆和行人注意。看着一张张同样年轻的脸,杨倩的心里突然有一种感动。因为那一身军装,他们就成了为拉练保驾护航的卫士。

走着走着,人就热了起来,杨倩很想把雨披给脱了,可雨还没有停。里面的衣服已被汗水湿透,风一吹,忽又觉得冷。经过一座天桥,这么晚了居然还有人在那里演奏,有的拉手风琴,有的吹笛子,旁边有人替他们打着伞。杨倩在心里感叹,这些人好浪漫。说起来,她也很喜欢唱歌。以前读小学时,学会了吹竖笛、跳舞。在宁波体校时,每次举行文艺晚会,她都会积极参加。记得有一年,她和同学利用一个月的课余时间打磨了一段舞蹈,参加学校的文艺演出,受到了老师和同学们的好评。

她还喜欢画画,只不过这个爱好平时都给隐藏起来。杨倩自认为是个能动也能静的人,她对这样的自己还比较满意。

队伍行进的速度有些慢下来了,走到一大半的时候,杨倩有点想停下来,休息几分钟,可看看四周,同学们都在咬着牙坚持,她深吸一口气,继续向前。越走到后面,大家越相互鼓劲,看到辅导员们走在队伍的最外侧,全程陪同,还有随行的学长学姐们,拿着相机、手机记录,本来这双腿已很沉重,又立马充满了斗志。

整整走了四个半小时,等他们回到校园,东方即将发白。

一场超越自我的拉练结束了。

来到餐厅,打了早餐,同学们个个胃口大开。杨倩第一次发现,这米粥、这点心的味道这么好!

回到宿舍,看着已被湿袜湿鞋捂得发白的冰冷双脚,杨倩心疼自己一分钟。洗个热水澡,钻进温暖的被窝,黎明时分,杨倩进入梦乡。

杨倩梦到自己在不停地奔跑,两边的人行道上有一棵棵枝繁叶茂的大树,它们像电影镜头一样,快速地在她眼前闪过。风吹过来,把她的衣服吹得鼓鼓的,她像个充满气的气球,随时都要飞起来。前方,传来一首有关青春的歌,那么的激昂,令人振奋……

军训结束,杨倩开始了在大学里日常的学习和训练。

第十五章

2018年10月,杨倩参加了国家射击队集训,得国家射击队张秋萍教练指导了一个月,受益匪浅。

杨倩非常崇拜张教练,视她为偶像。那次集训让杨倩念念不忘的还有一个原因。一次体能课上,大家在一起玩一个小游戏,杨倩不小心和一位队友撞在一起,她的脸撞在对方的头上,结果把嘴给撞破了,流了血,把张教练给吓了一跳。这件事,杨倩没有告诉父母,怕父母担心。由于她习惯打视频电话,怕被父母发现,那段时间就有意减少与父母的联系,即便联系,也改用微信语音。

12月底的一个夜晚,杨倩见嘴唇上的伤口已基本上看不出来了,就迫不及待地给母亲打视频电话,才惊讶地发现母亲竟然躺在病床上。

"妈,你怎么了?"杨倩紧张地问。

"没事,小毛病。"施安方前些天刚动了个大手术,为了不影响女儿的学习和训练,故意装作很轻松的样子说。她刚才睡得有些迷糊,接了视频电话,大意了。

"你哄我,我不信。"杨倩见母亲不肯讲实话,立马给表姐她们打电话,谁知道大家似乎商量好一样,都跟她说没事。越是这样,杨倩越觉得有问题,她再次给母亲打电话,说第二天就订机票飞回来。

"你这孩子,听话,你来又帮不上妈妈什么忙,你就在北京安安心心读书、训练,其他事不用管。"施安方说。

好说歹说,施安方总算把杨倩给劝住,杨倩答应母亲等期末考试结束再回去。第二天,杨倩还是从表姐那里得知母亲的病情。那段时间,她心里一直七上八下,影响了学习和训练,高静还以为高中三年的学习和训练让杨倩的神经绷得太紧,上大学后就松懈下来了。她发现杨倩无论是上课还是训练,都没有以前那么认真,有时还一副魂不守舍的样子。高静看在眼里,急在心头,和青春叛逆期的姑娘沟通谈话,轻不得,重不得。她想到了虞利华,知道杨倩很听虞教练的话,就联系了他,请他跟杨倩好好谈谈。

那是 2019 年 1 月,虞利华冒着严寒去了北京。他来到清华射击队跟杨倩聊了很多,帮她分析,不是考上大学就万事大吉了,她的人生还长着。

"杨倩,虞教练把你送到北京,是希望你有个更好的未来。你要有奋斗目标,要进国家队,要去参加奥运会。既然你已经成为清华大学射击队的一员,就要为清华大学争光。你要跟积极上进的人在一起,虞教练再三跟你说过,一定要两条腿走路,这样才稳,才会有出路。平时,你记着一定要多看看书,这是很好的提升。不要以为看书对射击没帮助,不但有帮助,而且会有很大的帮助,你相信虞教练。"虞利华看着眼前低着头,玩手指甲的少女,语重心长地说。

见杨倩不吭声,虞利华又说:"你已经练了这么多年,吃了那么多苦,难道就这样停止了?你现在有这么好的平台,又这么年轻,不要浪费了。你是有实力的,虞教练很相信自己的眼光。你在任何时候遇到困难或者有解决不了的困惑,随时都可以给我发信息。你忘了虞教练可是你们这帮小孩的'亲爹',看看,一晃你们都长大了。"

杨倩抬起头,脸有些红,反思一下,自己除了担心母亲的病情之外,也确实有些松懈,于是不好意思地说:"是我错了。"

"年轻人贪玩也正常,但你要记住你不是普通的学生,你是学生运动员,你的身份跟别人不一样。你一定要好好练,今年有很多场比赛,一场场认认真真地去打,虞教练还等着你去奥运会拿金牌。"虞利华带了杨倩五年,太了解这个姑娘的性子。他的话,杨倩还是听得进去,哪怕语气强硬,她也能接受。

杨倩犹豫了一下,还是告诉虞利华母亲生病的事。虞利华安慰她说:"你妈妈的身体你担心也没有用,要相信现在的医疗技术,没事的。反过来,如果你不好,害妈妈担心,那就是你的不对了。"

"我知道了,虞教练。"杨倩点点头说。

两个人交流了半天,虞利华见杨倩已听明白,就点到为止,不再多言。他到北京是来去匆匆,杨倩借了一辆电瓶车,送他到地铁站,她请虞教练放心,以后不会让他这么操心了。

这次谈话的效果很明显,高静眼中那个又稳又狠又准的杨倩又回来了。

2019年,是杨倩的实力爆发年。

这年春天,杨倩要参加两场比赛,一场是在福建莆田举行的国家射击队德国慕尼黑射击青年世界杯选拔赛,另一场是在湖北宜昌举行的全国射击冠军赛(步枪项目)。而全国射击冠军赛获得各单项前三名的选手可以和其他国家队选手一起参加奥运会选拔赛,这对杨倩来说尤其重要。

出发去福建那天,高静早上7点就到北京南站去送站,参赛队员乘坐的是8点47分的高铁。队员们陆续到了,就差杨倩。高静一看时间都8点了,立马给她打电话,结果电话没有人接,发信息也不回。高静匆匆回到学校,找人把杨倩从宿舍"拎出来"——果然在睡觉,又睡过头了。气得高静狠狠地臭骂了她一顿,杨倩理亏,知道自己又犯错了,低着头,不敢分辩。

"你说说这是第几次了?你爱睡觉,那也得看看什么时候,上次你怎么跟我保证的?"高静顿了顿,叹了一口气,"我马上给你改签中午的车票,你一个人过去,不要再错过了,不然不用去参加比赛了。"

"对不起,高教练。"杨倩态度诚恳地认错。

"你啊,每次都是虚心接受,屡教不改。"对这个心大的孩子,高静实在有些无奈。

杨倩自己也觉得很不好意思,她就是喜欢睡觉,心里有事从不过夜,所以睡眠极好,如果没有事情,她可以睡个昏天黑地。怕误点,她这次早早地就去车站等。大部队早上已出发,中午这趟车就她一个人,她到莆田已是晚上 11 点。

第二天比赛,杨倩发挥得非常出色,三场比赛中有两场成绩达到了 630 环以上,一下子就把她的自信心给打了出来。

德国慕尼黑射击青年世界杯选拔赛结束,接着就是全国射击冠军赛(步枪项目),杨倩又马不停蹄前往宜昌,得了第三名,打出了个人最好成绩,获得了参加奥运会选拔赛的资格。

2019 年 6 月,杨倩在第二届全国青年运动会(简称"青运会")射击预赛,甲组女子 10 米气步枪个人赛和甲组女子 10 米气步枪团体赛中,得了两个第二名。同月,在长兴举行的全国射击个人锦标赛中,杨倩和余浩楠获 2019 年全国射击个人锦标赛 10 米气步枪混合团体第三。

一个月后,杨倩通过了奥运会初步选拔赛。

2019 年 8 月,第二届全国青年运动会在山西举行。这次杨倩要参加的三个项目分别是甲组女子 10 米气步枪个人、甲组女子 10 米气步枪团体和甲组 10 米气步枪混合团体。

杨倩很开心在青运会上碰到虞教练,师徒二人在赛前做了不少交流。

比赛前,谁也没有想到,杨倩会在这一届的青运会上表现那么突出。在射击项目甲组女子 10 米气步枪个人决赛中,杨倩最后一枪打出 10.7 环的好成绩,以 251.5 环的成绩逆转黑龙江省体育运动中学的选手,获得金牌。最后一枪逆转,似乎成了杨倩的特点。她总是能很好地把握好节奏,稳稳地站在那里,一发子弹又一发子弹,不急不躁地打出去。

在随后的两场比赛里,杨倩又分别获得甲组女子 10 米气步枪团体的银牌和甲组 10 米气步枪混合团体铜牌。她在朋友圈开玩笑地问:"青运之旅,好歹把金、银、铜给集齐了,我可以召唤神龙吗?"

在青运会上,杨倩打出了 633 环的好成绩,而当时的国家队中也只有 3 位运动员打出过这个成绩。凭借如此优异的成绩,杨倩成为国家射击队奥运选拔队伍中的一员。

见杨倩顺利入选,虞利华和高静都非常高兴。虞利华对杨倩说得最多的一句话就是"继续努力",高静也祝杨倩在射击这条路上能越走越远。

对杨倩来说,这又是一个新的起点。

第十六章　每一次都是全新的开始

一场又一场赛事

是经历是成长

是累积的自信与底气

铺垫通向顶峰的路

杨倩入选国家射击队后,她先师从射击名将杜丽。

"80后"杜丽在2004年雅典奥运会获得10米气步枪冠军,是那一届奥运会的中国首金。2008年,在北京奥运会,她又获得女子50米步枪3种姿势的金牌。2016年8月6日,杜丽在里约奥运会女子10米气步枪决赛中获得银牌,同月12日,她在女子50米步枪3种姿势决赛中获得铜牌。赛后,杜丽正式宣布退役。2017年7月开始,担任国家射击队女子步枪教练。

而杨倩另一位教练葛宏砖还是杨倩的宁波老乡和学长前辈,他的老家在宁海,1992年至1996年在宁波体校接受射击训练。2019年12月,葛宏砖在浙江体育职业技术学院竞技八系和省射击射箭自行车运动管理中心担任射击队女子步枪教练、主教练,后被调往国家体育总局射击射箭运动管理中心担任步枪射击队五班主教练,杨倩就是五班的一名队员。

2019年8月25日,杨倩和她的队友们抵达巴西里约热内卢,参加国际射联射击世界杯。这是她入选国家队后,第一次出国比赛。出发前,大家都明白这次比赛任务艰巨,是为争夺东京奥运会射击席位而战。

早在2019年5月份,体育总局射运中心就发了《关于国家射击队2019年巴西世界杯参赛运动员选拔办法》的函。明确了"2019年7月在国家体育总局射击射箭运动管理中心举行的东京奥运会初步队伍选拔赛同时作为巴西世界杯参赛运动员""参加选拔赛运动员范围与参加东京奥运会初步队伍选拔赛的运动员范围相同"。正因为有此规定,杨倩在7月份的时候通过了东京奥运会初步队伍选拔赛,故有资格来参加这次比赛。当然,她若想入选东京奥运会中国代表团名单,还需要打很多场比赛,而且要取得好成绩,眼下她的积分还远远不够。为此,杨倩只好先暂时放下学业,休学参赛,落下的课抽时间慢慢补。

背着印有五星红旗标志的中国队背包,杨倩精神抖擞地向前走去。

背包上挂着的一只咩咩羊毛绒小挂饰,随着她的脚步轻轻晃动,这是杨倩的心爱之物,买来很多年了,跟着她去过好多地方。表姐舒天翔曾开玩笑问她讨要,一向大方的她却拒绝了,说这是她的幸运物,不能送人。杨倩还给这只可爱的咩咩羊取了一个名字"废杨杨"。

除了这只咩咩羊,杨倩脖子上还挂着一条项链,项链上是一颗黄金转运珠,那是她阿姨送的,杨倩很喜欢。其实在生活中,她就是一个普通的女孩子,喜欢唱歌,随时都戴着耳机听歌;喜欢美甲,可又不方便到外面去做,干脆就买了一套亮色系的美甲工具,自己在指甲上做花样;喜欢嘻哈风格的衣服,只是平时都穿运动装,极少有机会穿。训练和比赛时,为了不让额前的头发干扰视线,她还喜欢买各种样式的小发夹,把头发给夹起来,露出光洁的额头。赛场下的她喜欢笑,很活泼,人缘极好,但只要一上赛场,她的气势就变了,不再是那个看起来软绵绵的姑娘,而是自带一种锋芒。

  里约热内卢,是巴西的第二大城市,仅次于圣保罗,是巴西乃至南美的重要门户,同时也是巴西及南美经济最发达的地区之一,素以巴西重要交通枢纽和信息通讯、旅游、文化、金融和保险中心而闻名。它位于巴西东南部沿海地区,东南濒临大西洋,海岸线长636千米。里约热内卢主要属于热带草原气候,终年高温,气温年、日较差都小,季节分配比较均匀。里约热内卢还是巴西第二大工业基地,里约热内卢港是世界三大天然良港之一,里约热内卢基督像是该市的标志,也是世界新七大奇迹之一。这里拥有巴西最大进口港,是巴西经济中心,同时也是巴西重要的交通中心,背山面水,港湾优良。工业主要有纺织、印刷、汽车等,有七百多家银行和巴西最大的股票交易所,还有世界最大的马拉卡纳体育场。海滨风景优美,为南美洲著名旅游胜地。

  不过这些对杨倩和她的队友们来说,没什么用,一到里约热内卢,他们一个个就都投入到比赛的准备工作中。

第十六章

第一次参加国际性比赛,说不紧张那是假的,杨倩深知,能来参赛的选手都是经过一路的过关斩将,技术都在同一水平线上,最后能不能在赛场上取胜,关键时刻比拼的还是心态,稍有胆怯,就失了胜算。道理她都懂,可真站在赛场上,这心绪多少还是会受到影响,毕竟她没有任何参加国际赛事的经验。比赛结束,杨倩得了一块10米气步枪混合团体的银牌。这对她来说,有收获,也有遗憾。

"继续努力,继续前行!"这是杨倩送给自己的话。

让杨倩自豪和骄傲的是,中国射击队在本次比赛中收获了1金2银4铜共7枚奖牌,打破一项世界纪录,同时还拿到了两个奥运席位,使中国射击队收获了满额20个奥运席位。其中,在男子10米气步枪比赛中,来自浙江的20岁小将余浩楠在决赛中以252.8环的优异成绩夺冠,不仅打破了该项目的决赛世界纪录,而且还创造了新的青年世界纪录。在女子25米手枪比赛中,熊亚瑄获得亚军,并获得了东京奥运会入场券。裴蕊娇在女子50米步枪3姿决赛中摘得一枚铜牌,也收获了东京奥运会参赛资格。

在这之前,中国射击队已经收获了18个奥运席位,经过此役,中国射击队拿到了20个满额席位,这也是中国射击队首次获得满额席位,创造了新的历史。

这历史,国家射击队用了一年时间来创造。从2018年9月2日到2019年8月31日,国家射击队通过5场席位赛的机会,提前1场获得20个满额席位。这跟国家射击队着眼于奥运备战的长远布局分不开,既以席位为优先,又注重培养征战奥运的重点运动员,为完成好东京奥运会参赛任务打下了席位和人员的双重基础。提前完成席位任务,意味着国家射击队有更多的时间准备东京奥运会。

比赛结束,杨倩和她的队友们终于有机会欣赏里约热内卢蔚蓝的大海,吹着舒爽的海风,聆听海浪奔涌的声音。那无边无际的大海,让杨倩意识到一个人心胸的重要性。看,大海如此宽广,它不嫌弃所有奔向它的江河,无论是清澈还是污浊,都微笑着接纳。做人也应该像大海一样,多一点包容,少一些计较。她脱了鞋袜,光着脚在沙滩上奔跑,像孩子一样在阳光下欢快地大笑。她在沙滩上画了一颗心,心里藏着少女的梦想。她知道,海浪会带走她的梦想,让它在远方落地生根,绽放出艳丽的花。

回国后,还来不及松口气,杨倩又投入到另一场国际大赛的紧张备战中,她要参加2019年11月在卡塔尔多哈举行的亚洲射击锦标赛。这是亚洲射击项目规模最大的比赛,是亚洲地区及亚太地区年度最重要的射击比赛,为亚洲各国选手提供了重要的交流和学习平台。

这次集训地在武汉,杨倩和队友们在召开军运会的场馆里训练,每天像军人一样,早上出操,进行各种体能锻炼,一小时接着一小时扛着枪对着靶打,不断提高"人枪合一"的默契度。每天训练结束,衣服早已湿透,整个人像从水里捞起来一样。

第十六章

待到周末,如果他们想出去溜达一下,可以请假出门,平时根本没有时间。

去多哈之前,杨倩已从网上了解到多哈是西亚国家卡塔尔的首都和第一大国际化大都市,是全国政治、经济及文化中心,也是波斯湾沿岸的著名港口,以盛产石油和天然气闻名,而石油和天然气则是卡塔尔的经济命脉。到了多哈,她才发现这座城市美丽又神秘,街上行人不多,大概是因为石油国家很富有,连出租车都很少见,特别安静。

北京时间11月5日,当杨倩站在第十四届亚洲射击锦标赛的赛场上,她早已清空之前所有的成败得失,用最单纯的心思面对这一场比赛。因为每一次,都是新的开始。

先是资格赛,每位选手需要打6组,每组10发子弹,成绩以小数环值计分,即单发最好成绩为10.9环,总成绩最好的8位选手晋级决赛。杨倩顺利晋级。

决赛开始了,8位选手一字排开,站在自己的位置上,做好决胜局的准备。

决赛规则和资格赛规则有所不同,决赛中,每位选手先打两个基础分(先打两个5发,每个5发是150秒),10发子弹打完之后进入淘汰赛阶段,每两发(每发50秒)淘汰一名选手,第12发决出第8名,第14发决出第7名……以此类推,最后决出冠军,在不需要加赛的情况下,冠亚军选手总共射击24发。如果中间出现平环的成绩,平环的选手进行单发决赛,分出胜负。经过激烈的角逐，最后，杨倩以251.6环的成绩夺得女子10米气步枪60发个人冠军。

这是杨倩拿到的第一块国际赛事金牌。

当杨倩站在领奖台上，仰望着鲜艳的五星红旗，听着熟悉的国歌旋律，她的内心感到从未有过的自豪。这是自己第一次在异国的土地上，为祖国母亲升起国旗，奏响国歌。她相信，这不会是唯一的一次。

在10米气步枪混合团体赛和女子10米气步枪团体赛中，杨倩分别获得了一块银牌和第四名。她笑自己就差那么一点，不然把金、银、铜都收齐了，又可以召唤神龙。

北京时间11月14日，2019亚洲射击锦标赛在卡塔尔多哈结束。中国代表队收获20金20银5铜共45枚奖牌。在15个奥运会的项目上，中国射击队拿到了5金7银4铜，其中男子项目射落2金3银1铜，女子项目射落3金2银2铜，混合团体项目有2银1铜入账，圆满完成任务。

第十七章　纷纷扬扬的雪

冬把积存的雪
打包成礼物模样
放在季节的路口
等你拆封

从多哈回来没多少天,杨倩又奔赴河南郑州,参加11月25日至11月30日,在此举行的2019年全国射击总决赛(步手枪项目),并以251.2环/631.4环的成绩,拿了一块银牌。对这次成绩,杨倩并不满意,自嘲"我又翻车了"。

当然,翻不翻车都已经过去,杨倩作了个自我总结,希望下次能取得好成绩,然后就放下了。想到这一年的赛事都已画上句号,2019年还剩下最后一个月,是不是可以喘口气了?她不禁有些雀跃起来。

当杨倩看到《国家射击步枪队万米有氧耐力训练开展方案》,顿时整个人都不好了,自嘲处于"崩溃边缘"。她怎么能忘了每年的冬训呢!失策失策。

看看安排,星期一是晨练1000米,体育课是核心力量、下肢力量和3000米混氧,还有负荷4000米;星期二是晨练再生恢复、体育课10000米、负荷10000米;星期三是核心力量、平衡协调;星期四是1000米、核心力量、再生恢复、负荷1000米;星期五是再生恢复、体育课10000米、负荷10000米;星期六早上机动调整,体育课是下肢力量、核心力量、平衡协调。

这样安排是由于射击项目需要有氧能力支撑基础体能,需要进行混氧训练,既可以进一步提升有氧表现,又可以提高运动员在决赛高心率下的机体适应能力。因此,在赛季期,运动员需要保证每周1次混氧训练、2次有氧训练,每周二、周五、周六全队组织测试10000米,记录时间和心率,长期监控。

考虑到东京奥运会组队选拔赛临近,规定万米跑在每次选拔赛前一周或国际赛事前一周暂停。

方案中还提出了训练方法和注意事项。体能教练在每节跑步课前带练跑步动作模式训练,从墙面动作练习蹬脚扒地动作,到跑道动作练习小步跑、高抬腿跑、后蹬跑、车轮跑等,逐步提高运动员的跑步动作经济性,减少运动损伤。跑步后,教授筋膜滚压和拉伸放松的具体方法,帮助运动员及时恢复,有效放松。

休假无望,那就振作精神,杨倩给自己一个加油的手势。

冬训第一天,跑10000米。

"10000米!"射击队的姑娘们哀号声一片。哀号归哀号,跑步照样跑。杨倩迈开她的两条腿,开始匀速跑了起来。北风扑面而来,顿时有一种刺痛感从脸上拂过。想想自己是有一段时间没有这样跑了,刚跑起来的时候,她还是有些气喘。等10000米跑完,回到国家体育总局射击射箭运动管理中心,一个个耷拉着脑袋,累得够呛。

射击队的姑娘们跑了几天以后,慢慢适应,跑10000米不觉得有多累了。跑完,赶紧穿上厚外套,戴上帽子,姑娘们还不忘来一张自拍。

当然,除了训练,也有享受天降瑞雪的福利。

那一日,天空飘起了雪花。刚开始,雪并不大,姑娘们依然按训练计划跑步。雪花飘在身上,很快消失不见,想落在眉上,没成功就被风吹走了。她们嘴里呼出的"白气",似乎想与雪花融在一起。脸上凉丝丝的,如夏日冰棒含进嘴里第一口时的那种冷热反差。

后来,雪越下越大,到了下午都积了厚厚一层。下午的跑步取消了,放假半天。

"堆雪人去。"不知道谁喊了一嗓子,大家纷纷响应。

看着这漫天飞雪,杨倩不由得想起了读小学的时候,也是这样的一场大雪,把校园装扮得犹如一个雪的宫殿。平时一脸严肃的班主任老师也像变了个人,给他们玩雪的自由。在校园里打雪仗,堆雪人,老师还拍下一张张可爱的笑脸。那一次,玩得真开心啊!虽然,那场雪最后变成了雪灾,造成了很大的经济损失,但对他们这些孩子来说,只知道雪很好玩,哪里知晓雪会成灾呢。现在回忆起来,无论是老师和同学的容颜,还是那场景,依然清晰无比。她在想,自己喜欢雪,是不是跟江南的冬天很少下雪有关?听母亲说起,过去冬天还是经常会下雪的,后来这雪就越来越少,大概跟气候变暖有关吧。即使下雪,也是边下边化,很少能在地面积起来。她喜欢雪花的轻盈,像蝴蝶,在空中翩翩起舞;又像花,千朵万朵投入大地怀抱。很快,平时再熟悉不过的景致因为雪而变得陌生起来,给人一种新鲜感。

走,玩雪去。平时一个个稳重的姑娘、小伙,这会儿都变成了孩子,嘻嘻哈哈地跑向雪地。

看到一块空地上已铺了一层雪,杨倩的画瘾上来了,她找来一根细棍子,在雪地上画了一个漫画版的小人,圆圆的脑袋,一双小眼睛,头上竖着几根头发,扎着马步,两手朝一个方向作推的样子。推什么呢?她又在边上画了一颗心。这颗心给谁?嗯,再画上一个女孩。

看似随意的一幅画,却像在讲一个美丽的爱情故事。一个男孩把一颗心送给了一个女孩,这是一个怎样美好的故事?是偶然相遇后的一见钟情,还是日久生情的突然升华?是缘起这样的一个黄昏吗?大段的空白,等着人们去想象、补充。

杨倩一笑。

19岁的少女,心里自然有对爱情的幻想。深深浅浅的心事被隐藏起来,想起母亲说过的话,女孩子找对象前一定要睁大眼睛,不要轻易被表面现象给迷惑了。当然,她还年轻,现在考虑这个问题还太早,但并不代表她对爱情不向往。只是爱情究竟是什么,她还是有些懵懵懂懂。或许,在某一个午夜,她的心里也曾闪过一个朦胧的身影,带着几分欢喜,又转瞬不见。

"杨倩,快来堆雪人。"有人在喊她。

"好,来啦!"

于是,你一捧雪,我一捧雪,大家开始忙碌起来。没工具,把雪一点点堆起来,有些慢。可又有什么关系呢,在这一刻,所有人都忘了紧张的训练,忘了学业,忘了各种压力,发自内心的欢笑惊动了树梢上的雪,雪扑簌簌地落下来,不小心钻进了几个人的脖子里,那几个"倒霉蛋"不由得跳起来,尖叫着。

又一阵大笑。

给雪人造一个坚实的底座,来一个能容天下之事的大肚,两手朝天,抬头45度角仰望天空,这是在呐喊吗?鼻子做得有点长,眼睛用两个小泥球代替,乍一看,雪人的表情有些傲娇。

"这是雪人?我怎么看挺像狗熊的。"一个人说。

"哈哈,我看我们堆的是雪怪吧!"杨倩接上话头,左看右看,越发觉得像。

"来来来,我把围巾贡献出来。"一姑娘把脖子上的围巾取下来,系在雪人粗壮的脖子上。

"拍照,拍照。"

以雪人为中心,先拍了一张集体照,再拍个人照、双人照、三人照……拍好照,他们还不忘扔几个雪球,看谁扔得准,好不欢乐。

雪,又开始下了。

天空灰蒙蒙的,前方的树林,让杨倩又一次真切体会到什么叫"银装素裹"。

第十七章

冬训仍在继续。

2019年的最后一天,杨倩跑了10000米,给这紧张的一年画上了句号。

2020年没过去几天,又一场瑞雪以兆丰年的姿态,飘落。

面对雪,杨倩再次感受到了南方人的快乐。趁着午休时间,她在院子里捏了一个很大的雪球,挖了两只眼睛,掏了一张开口大笑的嘴,立马一个雪人的头出现了。她捡起一节带叶片的小树枝,随手插在雪人的脑袋上,非常有喜感。她又在雪地上画了一颗心,这次,她把心给捏成了实物的形状,放在掌心,拿出手机,拍了一张照留念。

那一刻,她好像回到了童年。

"如果能在雪地上打几个滚就好了。"杨倩盯着地上的雪,恋恋不舍地收回目光。在院子里打滚,她还是没这勇气。

让杨倩没想到的是,机会很快就来了。

2020年3月中旬,奥运会之前的封闭集训期间,教练为了磨炼这支队伍的意志力,带大家到河北崇礼的一个滑雪基地待了三天。这三天可不是在室内活动,而是实打实的户外训练。就在一个月前,杨倩刚刚被中国射击协会授予"国际级运动健将"称号。

第一天,队员们穿着冲锋衣、防滑的登山鞋,戴着护目镜,拿着登山杖,朝雪山进发。

整整 20000 米,一路爬上去。

刚开始还觉得这雪山很有魅力,可随着上山难度的增大,大家都没有了声音,杨倩平时体力算不错了,可爬到一半,双脚已无比沉重。大家只能相互鼓劲,咬着牙坚持,一脚深,一脚浅,脚踩在雪地上发出"吱咯吱咯"的声音。这个时候,谁也没有那闲情逸致去欣赏这雪景,只盼着早点到达目的地。

好不容易登顶,四周的风呼啦啦地涌过来,杨倩很想张开双臂,对着远山大声喊一句,可终究没有开口。

所谓上山容易下山难,这下山的路,一行人差不多都是连滚带爬。杨倩自嘲,这一回终于实现在雪地打滚的愿望。

等回到休息地,一个个没有任何形象地瘫在地上,累得不行。杨倩也是,强度这么大的训练她还是第一次碰到。

连续三天高强度训练,杨倩感觉自己都瘦了好几斤。直到最后一天,登上山顶,知道这次强训即将结束,一个个放松起来,有的趴在雪地上直嚷嚷,有的撩雪迷人眼,杨倩自然也不放过这难得的机会,结结实实地在雪地上滚了几个来回,和队友们玩了一会儿,开心地大笑。这是一种不带一丝负担的快乐,单纯、清澈,像孩子一样无忧无虑。

站在山顶,遥望前方,杨倩回首这条射击路,从最初的被动到后来的主动,再到真正的喜欢,这是一个成长的过程。她其实是个很佛系的人,不太愿意去争,也从没想过要冒尖,当然也不愿成为拖后腿的那一个。只是好像有一双神秘的手一直在推着她走,像奥运会初步选拔赛,她当时是零积分,可以说一点希望都没有,完全是抱着锻炼的心态前去。或许就因为没有任何负担,反而超常发挥,入选了。她想若选不上的话,回来就好好读书,没想到选上了。疫情突然暴发,东京奥运会延期一年举行,这样等于多了一年备战奥运的时间。而她也多了四场打选拔赛的机会,场场拿第一,积分随之排到了第一。事后,她认真总结,得出结论,思想越简单越好,想太多一点也不利于比赛。离奥运会还有一年多的时间,她不知道自己能走多远,她要做的,就是认真训练,打好每一场比赛,只要努力了,尽力了,不管什么结果,都不会后悔。

第十八章 难忘的军训

走进神秘军营

在阳刚与热血的呐喊声中

你记住一个名字

军人　重若千斤

2020年6月的一天,杨倩和她的队友们带着行李,走进了北京某部队,进行为期两个月的军训。这次军训,跟刚上大学的那个军训完全不一样,第一是时间长;第二是和军人一样作息,一起训练。

换下运动服,穿上一身军绿色的迷彩服,扎起头发,戴上迷彩帽,镜子里的那个"她",很有几分飒爽的英姿。

进军营之前,对这军训有多苦,杨倩心里并没有数。这个实属正常,因为没参照物,再说平时的训练已经够辛苦的了,她估计和这军训也差不多,就没在意。不仅仅是她,大家都一样,没有当回事。可当军训正式开始,杨倩才发现自己之前对苦这个字理解得太浅显了。

早上五点,起床号吹响。

对特别喜欢睡觉的杨倩来说,这个点起床实在是件很痛苦的事,可没办法,由不得她拖延。起来后,是叠被子等各种内务整理,要在几分钟内完成,然后跑到操场集合,列队做早操。杨倩的慢动作在这里受到了很大的考验,负责带她们这一支队伍的教官见不得这种磨磨蹭蹭的样子,他才不管你是谁,一点情面都不讲,黑着脸大声催促。催促声让她心烦意乱,又不得不忍着。

之前,在参观战士们的宿舍时,杨倩印象最深的是他们床上的被子,统一的军绿色,叠得整整齐齐,和一块块方方正正的板砖一模一样,她很好奇他们是怎么叠出来的。她本以为他们只是借地训练,这被子不用这么叠吧,就算叠,也叠不出那个水平,可惜教官的一句话就灭了她的幻想。

"不会叠?学。"

杨倩从没想过叠被子会如此难,好像活了20年,才发现自己连被子也不会叠。她就不信了,不就是叠个被子吗?于是打开,折叠,打开,折叠。反反复复,可一直达不到标准,心里直冒火,很抗拒,想着又不是真来这里当兵,这被子叠得好不好又有什么关系,想扔了不叠,可又不行。只好憋着这口气,继续练。终于,被子叠得像样了,可没边角。杨倩已经了解到想要叠出标准的边角效果,得用直板,一边边夹出来。她把直板拿过来夹,最后总算勉强达到了形似。

这让杨倩明白,要把一件事做到极致,不是那么容易的。别看叠被子事小,却非常磨炼人的耐心。只要一浮躁或急躁,肯定失败。为了早日达到标准,她就利用晚上休息时间,反复自觉练习,终于叠出令人满意的效果。

每天早操后就是吃早饭,杨倩来军营后胃口大开,大概跟训练强度有关,吃饱了才有力气练。早餐结束,稍微休息一会儿,就要开始上午的军训。

第一阶段的军训内容是一些常规的基础训练。比如第一课站军姿。所有人都以为站军姿有什么难?为了练射击,他们可是练了很久的站姿,杨倩也这么认为。听起来很简单啊,十指并拢紧贴裤缝线,两肩后张,抬头挺胸收腹,微收下颌,身体前倾,严格按照这些口诀做到了,标准的军姿也就站出来了。但很快,杨倩发现自己高兴得太早了,站军姿,徒有其表是没有用的,要形神俱佳。

这成了第一道难关。

烈日下,队员们一个个笔挺地站着,教官要求他们先站二十分钟。

时间突然变得如此缓慢,好像是一滴水看着它要落下来,就是迟迟不愿坠落。一动也不能动,无论是风吹过来戏弄,还是阳光让人晃了眼,甚至有蚊子叮咬,都得忍着。

这是一种无法言说的煎熬。

杨倩与心里另一个捣蛋的"我"较劲,催眠一般默念,平静、平静、平静。

好不容易熬到二十分钟结束,杨倩听教官说,战士们都可以一小时不动,两小时不晃,三小时不倒,不禁佩服。这究竟是一种什么样的精神?她无法想象。这也让她第一次真正感受到军人这个称呼的分量,由衷地敬佩他们。这标准的军姿,分明是用汗水和意志造就。

第十八章

　　站军姿过关了,接着就是队列制式动作的训练。以前杨倩在电视上看过阅兵式,海陆空一个个方阵,战士们那整齐划一的动作,特别容易让人产生自豪感。

　　队列训练的实施程序和方法:通常是先讲解,后操练;先分解,后连贯;先单个动作,后分队动作。讲解与示范相结合,逐个动作地教练。由于杨倩她们军训结束后,相关部门领导要过来检阅成果,也就是"阅兵",所以这队列的训练跟正式军人一样。

　　"稍息、立正、报数、跨立、停止间转法、原地踏步",随着教官的口令,一个动作接着一个动作。盛夏烈日,没一会儿工夫,汗水就把衣服给湿透了,头发也湿了,浑身上下黏糊糊的,非常难受。

　　接下来,还有"齐步走的行进与立定、跑步走的行进与立定、正步走的行进与立定、军姿、蹲姿、坐姿(坐地上、坐板凳上)、敬礼、走方队"等等。

　　一遍又一遍。

　　一天练下来,杨倩都有些麻木了,脸晒得又红又痛,全身骨头像被锤打过一样,没有一根是舒坦的。晚上瘫在床上,她一动都不想动。原来军人的风貌,就是在这看起来简简单单的每一次踏步,每一次甩臂中凝成。令行禁止,铁的纪律就在这日复一日枯燥又艰苦的训练中潜入血脉,成为自觉的行为准则。

　　除了练队列的整齐划一,还要进行体能训练,以及一些军事项目的学习和考核。

　　部队新兵训练体能项目的合格标准有:引体向上两分钟,

5个及格(计60分),要求上杠后悬停三秒,开始后才能拉,下颚过杠,往下时手臂拉直,超过5个,每个加10分,存在上封顶和不封顶两种形式,5个以下不及格,计0分。3000米14分30秒及格,计60分,每提前1秒,加0.2分,最多100分,超过14分30秒,不及格,计0分。百米15秒20及格,计60分,每提前0.1秒,加2分,最多100分,超过15秒20,不及格,计0分。俯卧撑两分钟,要求两臂撑地时与肩同宽,身体保持一条直线,两只手始终不能离开地面,否则计0分,下去时与地面距离5厘米,35个及格,每多做1个,加2分,少于35个,计0分,最多100分。仰卧起坐,一个人压住另一个人的双腿,两只手始终不得离开后脑勺,否则计0分,起来时上身与双腿的夹角必须小于90度,否则那1个不作数,做两分钟,45个及格,计60分,多1个,加2分,少于45个,计0分。蹲下起两分钟,要求双手抱住颈部或者放在后脑勺上,不得离开,否则计0分,两脚并拢,蹲下去时屁股要碰到脚后跟,否则那1个不作数,50个及格,计60分,少于50个,计0分,多1个加2分,最多100分。杨倩和队友们就是按这个标准,一个个练得生无可恋。谁知道,还有更"变态"的训练在后面。

这一天,训练的内容是战术,内容有卧倒、起立、低姿、高姿、匍匐前进。

正是一年中最热的时候,走进军营才知道,在这里不会因为有大太阳就免了你在野外的训练,也不会因为下点小雨就让你躲起来休息。皮肤娇嫩的女孩涂再多的防晒霜也没有用,衣服一天不知道湿透了几次。特别是在野外训练时,该扑倒就扑倒,该匍匐就匍匐,哪怕前面是一堆脏东西,你也得硬着头皮爬过去。

"明天进行战术训练,持枪匍匐前进。"一天训练结束,教官对他们说。

"持枪匍匐前进?""听起来就觉得好难。"大家七嘴八舌地说。

第二天到了训练场,大家才发现实际操作起来更困难。一手持枪,半侧身体贴地,在仅有20厘米高度的铁丝网下不断爬行。这姿势,只有在战争片里看到过,杨倩在现实生活中还从未体验过。

"准备,开始。"

教官一声令下,他们一个个扑倒在地,持着枪,朝目标方向匍匐而去。没多久就酸痛难忍,杨倩估计她手臂已破皮,不然不会这么痛。地上有各种大小的石子,硌到了,就痛得皱一下眉头。

那一刻,杨倩仿佛是在战场上。虽然四周并没有硝烟,但却给人这样的错觉。每个人的神情不由自主地变得严肃起来,汗水从额头流下来,滴在地上。

好累,不敢抬头,怕碰到铁丝网。脖子早已僵硬,可没有人退缩,一个个都铆足了劲儿,一遍遍地练。杨倩咬紧牙关,憋着一口气,她怕这口气一旦吐出来,整个人就聚不起精神。在心里不停地给自己鼓励:"加油,你一定可以,坚持住。"

等结束,好像身体的每一个零部件已处于脱落状态。回到宿舍,一检查,怎一个惨字了得。手臂磨破了皮,一沾水痛得直咧嘴,哇哇大叫,膝盖与手肘上全是淤青。考核的时候,破皮的地方先贴上创可贴,杨倩和队友们拼着一股狠劲,第一次没过那就爬第二次,第二次没过,那就爬第三次。没有人中途做逃兵,直到全部通过,大家都不禁欢呼起来,青春的脸庞上写满了成就感。

当军人太不容易了。这是杨倩心里最真实的感叹。

有时候训练时遇到下雨,由于雨下得并不是很大,教官不但不会叫停还会说,倘若是在战场上,哪容得你选天气?刚开始,杨倩觉得下雨比大太阳好,至少不会热得人都要中暑。可真下雨了,这雨又太影响视线,身上很快就成了雨水加泥水的混合物,个个像泥猴一样,狼狈不堪。

要学习的项目还有很多,比如投手榴弹,必须要投掷到30米才算合格。没有一定臂力,根本投不了这么远。怎么办?只有反复练这一条路,没有任何捷径。还有手语和旗语,那是战场上的语言,无声的交流。

当看到射击训练时,杨倩一脸轻松,这也是她最期待的一个训练内容。

心想,这个可难不倒我,毕竟自己是专业的。她非常自信,结果一到靶场,教官说了考核要求,5发子弹,100米精度射击。她平时主要练10米,最远练过50米,突然听到现在要求100米精度射击,顿时听到了自己的小心脏碎了一地的声音,果然是想得太简单了。100米的距离,她能看见的靶心比瞄具上的准星要小得多,这更加考验人的耐心与专注能力。

在第一轮5发中,杨倩只打到了40环的成绩。这激起了她的好胜心,她就不信邪了。重新调整好自己的瞄具,后面几轮差不多都是46、47环的成绩,她还稍稍满意些。

走近纸靶,上面的10环圈看起来挺大,但真正打过之后才知道并不是那么一回事,稍有偏差可能就直接脱靶了,这让杨倩深刻领会何为"失之毫厘,差之千里"。

在训练之余,每周五杨倩和队友们还有教育课要上。有一次,她们聆听了参加过庆祝中华人民共和国成立70周年阅兵式的5位军人的分享。以前听说过阅兵式前期的练习十分辛苦,但究竟怎么个辛苦法,并不清楚。直到听完他们的分享之后,杨倩才知道其中的艰辛难以想象。他们在不同的阅兵岗位中承担着自己的那一份责任,所受的苦非亲身经历不能体会。正是由一个个优秀的"小我"组成了在阅兵式上大放异彩的军人队伍,让全世界人民看到了中国军人的风采。

一场分享会下来,杨倩有诸多的感想,她明白了中国军人优秀的形象背后是无数的努力和艰辛,深感和平年代的来之不易。

在最后三周中,杨倩和队友们每一天都在不断地进行着队列训练、匕首操训练,从踢腿到踏步再到摆头,班长把每个人的动作小细节都抠到位。他们就这样站在烈日下一遍一遍地练习踏步走、齐步走和正步走,耳边响着班长的口令"踏步、前进、向右看、向前看"。

苦吗？真的很苦。

累不累？太累了。

可当大家走得整齐划一的时候，内心油然而生的自豪感足以抵消身体的疲惫，队员们一个个鼓足了劲儿只想要做得更好。

在练匕首操时，杨倩和大家一起用尽全力嘶吼着："杀！"仿佛真的身处战场，面前站的就是敌人。嘹亮的口号声不断响起，振奋着每个人的精神。

两个月的军训终于结束。杨倩和队友们用整齐的队列和铿锵有力的步伐，脱胎换骨的精气神，交出了一份令人满意的答卷。

当杨倩和队友们告别军营，即将坐车回到训练中心时，她抬头看着房顶的那一排红字"听党指挥，能打胜仗，作风优良"，不禁感慨万千。如果说刚来时恨不得早日离开，此刻却莫名地生出依恋之情。这时，她真正理解了教练为什么要让他们到这里来受这种"魔鬼训练"，真的太值得了，无论思想还是意志，都得到了一次洗礼与升华。让她深刻领悟到什么是集体，什么是责任。她暗下决心，作为一名国家队运动员，她一定要把这次军训所学到的运用到今后的训练与生活中去，时刻以军人的标准严格要求自己，更加刻苦地训练，打好每一场比赛，为国家争得更多荣誉。

第十九章　走在通向奥运的路上

犹如开挂的人生

源自日复一日的努力

沉默是为了积蓄力量

在某个时刻喷发

两个月实打实的军训,让杨倩的身体素质、心态、忍耐力以及意志力得到了进一步提升。

稍做休整,杨倩和队友们一起踏上火车,前往湖北宜昌,参加9月22日在宜昌市奥体中心举行的2020年全国射击冠军赛(步枪项目)。这是射击项目本年度的首个全国比赛,吸引了29支全国各省区市代表队和国家集训队参加。

杨倩在2019年3月,第一次参加全国射击冠军赛,也是在宜昌,得了第三名。这次故地重游,杨倩很淡定。这淡定,不是轻视这场比赛,而是她深知,她和队友们若从技术上讲,大家都差不多,站在同一条起跑线上,最后比拼的就是心态和那么一点点运气。

首先开始的是10米气步枪混合团体赛,经过激烈的争夺,杨倩和搭档余浩楠以17比11战胜队友徐红和惠子程,获得冠军。

在接下去几个项目的角逐中,男子10米气步枪比赛,国家集训队队员刘柏辰、张常鸿、余浩楠包揽前三名;女子10米气步枪的前三名分别为杨倩、王泽儒、张雨。杨倩的总成绩是

253.3 环,同时打破了该项目 252.8 环的全国决赛纪录,并超过世界决赛纪录 0.4 环。

从 2019 年全国射击冠军赛的第三名到这一次两个项目的第一名,中间隔了近一年半时间。这一年半,是杨倩对射击的理解和技术质变的过程。

每次杨倩比赛,虞利华都会关注,见她取得了好成绩,很高兴。又似乎怕她骄傲,一边肯定她是"好样的",一边又说"继续努力"。杨倩很认真地表态,说自己一定会继续努力。

杨倩说继续努力的话,还真不是嘴上说说,她依然每天勤奋苦练。有一次在密度考核时,她打出了 107.1 环的成绩,很开心,还特意发了一条朋友圈:"107 心愿达成。"虞利华看到后给杨倩留言,说她早就具备了打出这个成绩的能力,以后会经常有。杨倩说,她没想到。虞利华说,射击就是这样,心无杂念自然成。

两个月后,在浙江长兴举行了全国射击锦标赛(步枪项目)。

杨倩再次获得 10 米气步枪混合团体、女子 10 米气步枪团体第一名以及气步枪个人第二名的佳绩。她的积分也随之排到了第一。同时,她在浙江射击队转正。

2020 年,是杨倩的丰收年,为她在 2021 年东京奥运会上夺冠打下了坚实的基础。

全国射击锦标赛结束后,杨倩难得有了几天假期,她陪着母亲施安方在杭州玩了三天。

自从杨倩去北京后,学习加训练,她很少有时间回家。就算回家,也是来去匆匆,最多一周时间。只有一次有 10 天假期,把她给高兴坏了。

在杨倩的记忆里,母亲是家里的"一把手",父亲是甩手掌柜。母亲会做漂亮衣服,会织好看的小婴儿穿的毛线鞋子,会做好吃的菜。在她人生两次选择中,母亲以她的睿智帮自己把舵,不然也不会有今天的成绩。自从 2018 年底,母亲动了一个大手术后,这几年一直在休养中,这让杨倩多了几分牵挂。虽不能经常回来,但三天两头总要打个视频电话聊上几句。看到母亲恢复得好,她也就放心了。

11 月底的西湖,因为疫情的缘故,少了熙熙攘攘的人群,显得特别安静。母女俩慢慢地逛着,看斑斓的树叶,看湖水在风中轻拍堤岸,还租了一艘小船,坐在船上看西湖,别有一番风情。她们还去了灵隐寺,杨倩给母亲买了一条南红手串,祈盼母亲健康平安。

时间很快进入 2021 年。

不知什么原因,杨倩突然感觉很迷茫,她的状态时好时坏,这让带队的葛宏砖教练很焦急,他开导她,让她接受自己的不足,并说这世上没有一个人是完人,总有这样或那样的缺点,放平心态。同时,虞利华也高度关注杨倩的思想动态,他给杨倩发信息,告诉她:"射击主要是心态要好,静下心来,投入进去了,有一种理性的思想,这样打起来就轻松。随着比赛临近,各种信息都有可能传进来,此时要保持理性,尽可能少与外界联系,不要去接收不熟悉的人的电话和信息,这是我们射击人必须要注意的方面,还有一场比赛,好好准备!"

虞利华反复跟杨倩强调,心态最重要,心平气和,把情绪控制好,精力就会集中起来。精力集中了,投入进去了,动作也就自然了。

杨倩则在每场比赛后进行反思总结,她觉得自己的心态还需要慢慢调整,思想上也没有完全转变过来。她对虞利华说:"教练,主要是我自己的自信心还没有那么足。虽然有意识逼着自己扣扳机,让自己果断击发,但打起来还是不够自然,有点刻意。"

虞利华说:"刻意是因为你控制着去做,等到无意识扣响,动作就自然了,这主要取决于你的信心。你越自信,就越果断,越果断,操作也就越自然。一个人有想法是很正常的,关键是能够理性地去对待任何结果。"

杨倩说:"对的,我还是没有那么地放开去打。"

虞利华说:"是啊,以前能放开去打,说明那时的你很自信,所以结果很好。现在遇到点困难,这对一个人,特别是射击运动员来说,太正常了。只要有坚定的信念,困难都是暂时的,这也是对你的历练。"接着,他又语重心长地说,"我当教练也经历了很多,有成功也有不如意。十多年前没有很好地理解射击项目,很苛求自己,遇到不如意也会很难过。现在虽然也会遇到很多困难,但我能坦然去面对各种结果,因为我把射击视为我人生的历程,能够理性地去接受一切结果,不再把胜负当成唯一的评判标准,所以感觉轻松了许多,人也快乐了,而且更愿意去带队伍训练了。你当运动员也一样,尤其是作为一名学生运动员,可以更轻松些。另外,你平时有时间就多看看书,可以调节身心。"

"我会调节好的,争取以最佳的状态去参赛。"杨倩说。

虞利华没有失望,在2021年东京奥运会选拔赛中,杨倩一路过关斩将,四场选拔赛均获得女子10米气步枪个人冠军,以295分位列积分榜第一名。与此同时,杨倩在10米气步枪混合团体项目的积分榜中,同样居于榜首,她获得了东京奥运会女子10米气步枪、10米气步枪混合团体的参赛资格。

确定可以去东京参加奥运会,杨倩给自己写了一份长长的奥运会比赛方案。

临近比赛了,在本次比赛中我希望自己能够以一个全新的面貌去面对比赛,把它当作是一场普通的训练课,放低自己的姿态,抛开那些包袱,降低期望值,保持平常心,简单化思想。其实不管是过去、现在,还是未来,我都要始终保持一颗初心,做好自己,本着锻炼的目的,不怕输,但也不服输,拿得起也放得下,尽全力达到当下的最好便是成功,我会朝着这一目标努力。

赛前准备：目前处于赛前的阶段训练中，近期训练自己感觉还是不错的，不管是在心理上、思想上还是训练效果上状态都还可以，在有压力和紧张的情况下也能够稳住心态，把自己的水平发挥出来，让自己得到了锻炼，也是为比赛做好准备。在接下去还有一个月的训练生活中可以调整好自己的作息，让自己能够充分适应比赛的时间，在思想和心理上始终保持一种积极向上的乐观心态，训练起来也会更加快乐，但在训练中也要适当给自己施加一些压力，锻炼自己的抗压能力。如果思想心理出现变化就要及时和教练沟通，多交流，让自己能够尽快调整回来，还要注意做好信息回避，不要让一些无关紧要的事情对自己产生干扰。

在出发比赛前下载好一些自己喜欢看的综艺或电影，在休息的时候可以看一看，放松心情，还可以带上自己的枕头和一条小薄被，以备不时之需，做好了万全准备应对起来才能更加得心应手。

赛前训练：开始训练前把固定螺丝全都重新紧一遍，检查好枪支各连接处是否有因为托运出现位移，如果位移了及时调整回来。赛前训练的时间大概是40分钟，要充分利用这段时间适应新的场地，调好指向，确定好脚的站位和开度，子弹量控制在40~50发，前20分钟可以打一下密度，主要还是去体会动作内感，体会自然力量的放松与下沉，把动作做踏实，感受动作的自然舒适，把自己脑子里的好的十环动作做出来，预报清晰就可以。后面可以练一练单发要求,让自己感受在对自己有要求的情况下还是要单纯地去抓动作,不苛求。

比赛准备:比赛前一天晚上准备好需要的证件并放在包里,防止第二天早上因慌张导致丢三落四,早上5:45起床,6:10吃早饭,6:30出发,约一个小时车程后,7:30到靶场,提前一个小时到达靶场做好准备工作,开始前再检查一遍枪支。正式比赛中充分利用准备和试射时间把自己的动作内感打出来,修正标尺牢抓动作,可以把试射当作记分去打。思想提前进入记分状态,把70多发子弹当作一个整体,让试转记过渡更加自然,专注投入做动作,大胆预压果断击发,同时贴腮前的准备工作要充分做到位,对自己要有信心,做到任何时候不怀疑自己,多给自己一些积极的心理暗示(比如对自己讲一些积极、正能量的话:你行,你可以做到的),出现任何问题要冷静思考,认可自己打出去的每一发,不带着情绪打子弹,积极主动耐心地去调整,调整完清楚原因之后就过,继续打好接下去的几发,如果暂时脑子转不过来,想不通了,就干脆停下来休息一下,放空自己,让情绪平静下来之后再重新开始,还是要坚定地去做自己的动作,连贯整个动作流程,抓好瞄扣配合,对待每一发都要不侥幸不勉强,感觉不好及时放枪,但也不是去盯点去苛求动作的某个环节某一方面,不能太刻意,过分追求完美,这个度需要自己掌控好。只要动作相对规范,操作过程流畅完整就一定没有问题。如果出现靶机故障的问题,不慌不忙,保持心情的平稳,配合好裁判调整靶位或是寻求其他调整办法,利用好调整后的试射时间让自己重新进入状态。如果在赛前或是比赛中遇到裁判干扰也不要生气,不要着急,找教练、找翻译与裁判进行沟通,按照规定作出调整,任何时候都要保持心情稳定,没必要因为别人让自己的情绪波动,对自身造成干扰和影响。

决赛准备:如果进入决赛,对于自己来说其实就已经成功了,更加可以放开去打,就是抓好动作,专注于做好自身,把控好自己的情绪,利用决赛间隙深呼吸调整心情,可以适当缓解自己紧张的情绪,决赛的节奏快,所以更加要打完就过,打好当下的每一发,每一发都是一个全新的开始。

个人与混团之间有两天的间隔,所以打完个人后也不能太过于放松,还是要认真休息,积极准备,如果前一天有赛前训练还是要去练一练,加深一下动作印象。如果没有赛前训练也可以在休息室或是其他地方空枪练习一下,举举枪,熟悉一下动作。虽然混团有一个搭档,但最终还是各打各的,所以还是像打个人一样去准备,只不过混团的准备时间短一些,需要自己提前把所有准备工作做到位,进入地线后就站上靶位,提前进入状态。转记分后的时间也会相对紧一些,但对我来说时间绝对是够的,所以不用着急,踏实地操作自己的动作就可以。在一阶段后安静休息,可以闭目养神,恢复精力和体力,用充沛的精力迎接二阶段,抓好瞄扣配合,自信坚定地打就可以了,如果能进入决赛,也是一样,做自己,控制好自己的节奏,不被他人的节奏所影响,把准备工作做得充分到位,专注投入到自己的动作中去。

写好奥运会比赛方案,杨倩忽然想到了什么,她从箱子里拿出一只圆柱形的笔袋,打开,里面是一卷纸。那是她当年离开茅山小学时,同班同学写给她的信,都是写在作业本子上撕下来给她的,这十多年来,她一直珍藏着。

你是一个活泼可爱的小女孩,虽然有时候做事慢悠悠,但这在射击方面却是个优势。希望你能把握住这个来之不易的机会,成为一个有用之才,也希望你能吃苦耐劳,把射击这条路继续走下去,因为人生的道路上总会有困难需要你去克服,总会有障碍需要你去越过。就像我练钢琴一样,弹久了,总会觉得枯燥无味。此外,我还希望我们深厚的友谊不会因为相隔两地而破碎。抛开一切烦恼吧!去迎接属于你的阳光大道,不要忧愁,不要苦恼,不要伤心,暂时的离别会使我们更加珍惜彼此的友谊!在你离开后,全班同学都会很想念你的!祝你在走射击这条路时能跨越障碍,让胜利的光环戴在你的头顶上。署名杨冰欣。

杨倩不由得笑了,杨冰欣是她们当年的"五朵金花"之一,想起那些天真烂漫的日子,好让人怀念。

第十九章

杨倩：我们一起学习和生活了将近八年，现在突然要分离了，心中涌起了许多不舍。你可能将来要成为世界冠军，我会为你鼓掌欢呼，更为我们曾经在一起的岁月感到自豪。将来可能永远再也见不到你了，希望当你功成名就时，我找你见个面，你会像从前那样，放下冠军的架子，好像是从前我的妹妹。即使我的心里有许多的留恋，但你的人生还得自己做主。为国争光这副担子已经重重地压在你的身上了，希望你认真、刻苦地训练。祝你成功！永远爱你的钱欣。

杨倩想给钱欣发个信息，想问问她，还记不记得写过这样一封信？又看时间太晚了，只好作罢。

杨倩，我们已经在一起学习五年了。虽然你要离开我了，但是我知道，无论怎样，你都不会把我忘记！我会永远支持你的，你一定要加油啊！我们虽然不能再在一起玩，一起学习了，但我们的友谊永远不变。你永远都是我的好朋友。或许，在某一年的某个月的某一天，我们还能再见面，到那时候，你还会记得我吗？希望你到了新的学校，每天都能开开心心的，交到好多好多新朋友。你知道吗？我有一个微妙的愿望：我希望我们全班同学都能上同一所中学，在同一个班级。虽然不太可能，但我会抱着这个愿望等下去。永远的好朋友，永远不变的友谊，有空要来班里玩！当上冠军后不要把我们给忘了呀！你永远的好朋友陈佳瑶。

童年结下的友情如此纯粹、美好。杨倩一封信一封信读着,好多同学都祝她能加入国家队,为国争光,得奥运冠军,心里是满满的感动。看完,她又小心地把这些信卷起来,放进笔袋里。国家队她已加入,五星红旗也升起过,至于奥运冠军,这个她不敢想。她现在要做的,就是打好每一场比赛。

第二十章　闪耀东京

十年磨一剑

谁能在开头猜到结局

一"击"惊人

这一刻荣光属于中国

从 2021 年 7 月 10 日开始,中国奥运代表团分批启程前往东京参加奥运会。其中中国代表团射击、跆拳道、羽毛球、拳击、网球和体操等项目的运动员、教练员 7 月 19 日从北京出发,经过 3 个多小时的飞行和近 4 个小时的入境检测等相关手续,于当地时间 18 点 40 分左右走出东京成田机场。

7 月 23 日,东京奥运会正式开幕。奥运首金将在 7 月 24 日的射击女子 10 米气步枪项目中产生。这也是自 1988 年以来,女子 10 米气步枪连续第九次成为奥运首金项目。

当时就有媒体针对奥运首金写过一篇《第一仗,一场硬仗——东京奥运会首金争夺战前瞻》的分析文章,文章中说:

本届奥运会,中国队派出了杨倩和王璐瑶参加该项对决,两名选手均是第一次参加奥运会,对于这对年轻的搭档来说,首金是第一仗,也是一场硬仗。

作为一名"00 后"小将,杨倩在这个奥运周期有着十分稳定的发挥,在中国射击队的奥运选拔赛上,她早早就攒足了积分,锁定了一张东京奥运会的门票。23 岁的王璐瑶则几经波折,在选拔赛最后一站后才确定入围。

由于受新冠肺炎疫情的影响,国际体育赛事被大面积取消或推迟,射击项目也不例外,因此杨倩和王璐瑶的国际比赛参赛履历并不算丰富。杨倩在2019年曾参加过一届亚锦赛和一站世界杯,在亚锦赛上她拿到了冠军,在里约热内卢世界杯上则排名资格赛第26位无缘决赛。相比较而言,更早入队的王璐瑶参赛经历稍显丰富一些,她在2019年拿到过慕尼黑世界杯银牌,不过,她在参加过的一届世界杯总决赛和一届世锦赛上均与奖牌无缘。

缺乏国际大赛经验,或许是中国队两名选手在冲击首金道路上面临的最大挑战。对于这方面的影响,中国步枪射击队领队王炼表示:"(缺乏大赛经验带来的影响)是两个方面,年轻人缺少国际比赛的经验,确实从历练上来说会少一点,但从思想上和心理上反而会更干净一点,这就看我们怎么去把握了。"

中国队完成新老交替的同时,世界赛场上好手也不断涌现。在女子10米气步枪项目上,中国队面临的最强大的对手将来自印度队。

印度队此次派出强大阵容参加女子10米气步枪项目,可谓来势汹汹。28岁的昌德拉是这一项目决赛世界纪录保持者。她在2019年曾连续拿到新德里和慕尼黑两站世界杯冠军,在新德里站决赛打出了24枪252.9环(平均每枪超过10.5环)的成绩,打破了该项目决赛世界纪录并保持至今。

与昌德拉搭档的是21岁小将瓦拉里万。虽然年龄不大,但瓦拉里万可谓久经沙场,曾经在多站世界杯上拿到过冠军,目前世界排名高居第一。

另外,美国队也是一支不容忽视的力量。美国队并非女子步枪的传统强队,但每逢大赛,往往会有"黑马"蹿出。让人印象最为深刻的例子就是2016年里约奥运会,当时在国际赛场上默默无名的斯拉舍力挫各路好手,爆冷摘冠,她所击败的,正是中国队杜丽和易思玲的黄金组合。此番征战东京奥运会,美国队派出了玛丽·塔克和艾莉森·魏斯出战,虽然两人此前几乎没参加国际比赛的记录,但她们在2021年新德里世界杯上拿到了冠亚军,彰显出相当强悍的实力。

此外,曾经拿到北京奥运会铜牌的克罗地亚老将佩耶季奇,中国台北队新星林颖欣等,也都是首金有力争夺者。

从上届奥运会开始,国际射联对射击项目的规则进行了大幅度修改,资格赛成绩不再带入决赛,进入决赛的所有选手将从同一起跑线出发,比赛的不确定性和偶然性也因此大幅度增加,首金争夺战拼的是实力,更是心理。

……

由于从本届奥运会开始,女子10米气步枪的资格赛向男子项目看齐,从打40发增加到75分钟内打60发。故本届奥运会资格赛第一名,也将创造新的奥运会纪录。

第二十章

7月24日上午,北京时间7点30分,女子10米气步枪资格赛开始。

杨倩在前两组表现出色,10发分别打出了104.3环和105.7环。不过在第三组连续打出几个10.1环,排名一度下滑到第十四名。这时,她告诉自己,一定要稳住,不要去想成绩,一枪一枪打,调整好心态后,杨倩的状态有所提升。

刚下场时,排名还没有出来,葛宏砖教练走过来对杨倩说,这成绩有可能进入不了决赛。杨倩一听,心里很不甘。再冷静一想,自己已经尽力,真进不了决赛她也没有办法。

赛场上意外多,赛前夺冠呼声很高的印度选手瓦拉里万和昌德拉表现差强人意,止步资格赛。此外,中国台北小将林颖欣表现平平,无缘晋级。杨倩最终以628.7环排名第六,顺利晋级。让她意外的是,队友王璐瑶表现起伏较大,总成绩625.6环,排名第十八,未能进入前八。

最后,获得前八名的选手携手进军决赛,资格赛成绩清零,同时决赛靶位由电脑随机产生。决赛将分两个阶段,竞赛阶段8名选手各打10发,淘汰阶段每打2发淘汰一名末位选手,第22发后决出第三名,第24发决出冠亚军。

北京时间9点45分,女子10米气步枪决赛正式打响。

与此同时,在杨倩的家乡宁波市鄞州区姜山镇杨家弄村文化礼堂里,人山人海,热闹非凡。大家统一戴着红色的口罩,手拿小红旗,坐在大屏幕前为杨倩冲击首金加油助威。文化礼堂的墙上,贴着"杨倩加油"的字样,进门处摆放着杨倩的照片。这里有杨倩的父母杨利成和施安方、爷爷奶奶,启蒙教练虞利华,母校茅山小学的师生以及乡亲父老和众多媒体记者,大家共同见证杨倩在奥运会上的拼搏时刻。另一边,宁波市体育局和鄞州区体育局的相关领导也各自坐在电视机前观看直播,紧张地关注着赛程。

8位选手上场了,一字排开。

施安方看到屏幕里女儿严肃的神情,心跳得好快。平时,每次杨倩的比赛,若有直播,她基本上不看,怕太紧张,都是事后出了成绩再去看。这次不一样,她再紧张也得盯着。

看着女儿在赛场上沉稳的模样,施安方突然发现女儿真的长大了。虞利华也目不转睛地盯着,王璐瑶止步决赛,夺首金的压力全部落在杨倩身上,他担心小姑娘心里会顶不住,双手不禁捏成了拳头。

比赛在激烈地进行着。

杨倩最初的目标是不要成为第一个被淘汰的人,她啥也不想,只管闷着头一枪一枪去打。

进前三了。

又一个出局,只剩下两位选手争夺冠亚军。

赛场里和赛场外的气氛一样的紧张,每个人眼睛都紧紧盯着大屏幕,怕错过一个动作。

打倒数第2发前,两名选手相差0.1环,第23发,杨倩打了

10.7环,对手打出了10.8环。

杨倩落后对手0.2环。

施安方的心快要跳出胸腔,她真的不敢再看了。旁边已经有不少人轻轻叹息,这首金估计没戏了。只有虞利华对杨倩还抱有很大的希望,因为杨倩已经很多次用最后一枪扭转乾坤,他期待这一次杨倩依然能创造奇迹。

"砰"一声,8.9环。

对手出现了不可思议的失误,大屏幕前一片哗然,所有人在杨倩击发的那一刻屏住了呼吸。

9.8环,杨倩赢了!

文化礼堂立刻沸腾起来,大家站起来大声欢呼,记者们把镜头转向了施安方、杨利成和虞利华。

施安方想到女儿在这10多年里吃的苦和受的累,眼泪止不住流了下来,她不停地擦着泪水,她说,杨倩能一步步走到今天,非常不容易。幸好,一切付出都得到了回报。杨利成一脸骄傲,看到女儿夺冠那一刻,他忍不住跳起来大吼。

面对着镜头,虞利华也洒下了热泪。他既为杨倩高兴,也为自己执教生涯取得的成就而开心——三十多年来,他所带队员在世界(奥运会)、亚洲、全国各类比赛中,共获得135个冠军、66个亚军、58个季军。其中世界冠军13人次,五人一队破六项世界纪录,平两项世界纪录,七人次破全国纪录,数百个浙江省冠军,数十次打破浙江省纪录,向国家、省、解放军、清华大学等射击队输送了王成意、康宏伟、方炎辉、江浩俊、张超玄著等上百名优秀运动员,数十人为国际和国家级运动健将。

此时此刻,虞利华不禁想起2010年12月的那一天,他在一群小学生当中,一眼看到了那个长着一双充满灵气大眼睛的小女孩。看到自己亲手送去北京的孩子今天站在奥运领奖台上,虞利华百感交集。他知道,这枚首金杨倩能拿到太不容易了。第一次参加奥运会,孤身闯入决赛,巨大的压力,杨倩顶住了。虽然最后一枪同样出现了失误,但幸运女神站在她这一边。

同样激动的还有杨倩爷爷奶奶,一个个笑得嘴巴合不拢。是啊,谁会想到呢,10年时间,一个普通的农家小女孩华丽转身成为奥运冠军。

外面,响起了噼里啪啦的鞭炮声。那一天,从村到区到市到省到全国,奥运首金获得者杨倩的名字成为最滚烫的词,她在领奖台上可爱的比心动作很快变成了表情包,风靡全网。

杨倩不知道的是,在她夺冠的前夜,无论是父母家人,还是虞利华,以及所有关心她的人都没有睡好。7月23日那天,虞利华在微信朋友圈发了两条消息,一条是"购物也是一种放松方式吧",配了一张儿子和女儿推着购物车的照片;另一条是宁波晚报采访虞利华的视频,他以启蒙教练的身份回忆了杨倩的发现以及成长过程,并寄语自己的弟子以一颗平常心对待比赛,为她加油。而虞博文也跟父亲一样,特别关注师姐的比赛

情况,杨倩夺冠后,他写了一大段话,来表达那一刻的心情:

　　特别激动,恭喜杨倩姐姐和我的父亲! 一路走来,我能体会到作为优秀运动员和优秀教练员的不易! 昨天晚上我也睡得不太好,今天早上四点就醒了,后来就再也没有睡着,心里对七点半的资格赛很期待。虽然外界一直提到拿首金,但我认为,在竞争压力如此之大的奥运会赛场上,有资格参加已经相当好了。当然,既然参加了,肯定希望杨倩姐姐能取得好成绩,而不是止步于资格赛。只是想到对手那么强大,我就莫名紧张和担忧。我记得很清楚,资格赛她的第1发是10.7环,第2发是10.5环,开始几发打得还不错,后面有一些波动。我特意去算了一下她每一发的成绩,以此推测她可能出现的心理变化。最让我担心的是第三组10发她只打了103.6环,不太理想,排名降到第14位,很危险,好在她调整得很及时,一枪一枪地追,在最后一组中连续打出两个10.9环(满环),稳住了排名,最终有惊无险地杀入决赛。我真的很紧张。进入决赛后,我更紧张了,尤其是最后几发时,我的身体甚至出现了一些不适。决赛第一组5发打完,她51.9环,排名并列第五,我有些担心,但和排名第一只差0.6环,我又平复了心情。等到要淘汰第五位选手的最后一枪时,我的心就一直悬着,由于她和对手的分差比较小,挺过了就能保证拿到一枚奖牌。到了最终决战时,我心跳加速,两人只差0.2环,这一刻,我感觉自己比杨倩姐姐本人还要紧张。当俄罗斯运动员打出8.9环时,我觉得冠军已稳,不过也怕万一啊。果然,杨倩姐姐也很紧张,最后一发失误,打了决赛中唯一一个9.8环。看到她夺冠,我激动得跳了起来。我为杨倩姐姐和我的父亲感到无比自豪和骄傲!再次祝贺!

随后,清华大学官网发了"清华学子杨倩夺得东京奥运会首金"的消息。

在高静的印象里,这还是清华大学第一次这么高调。一直以来,清华秉承的理念就是,我们所做的一切都是为了国家,我们培养的人一定是给国家培养的人,不是为清华培养的人。所以,清华大学射击队从1999年10月复建以来,始终坚持继承和发扬清华大学的优良传统和体育精神,在"体教结合、学训结合、以学促训"的育人理念下,培养出一批德智体美劳全面发展的优秀体育人才。截至2020年底,清华射击队先后在全国大(中)学生射击锦标赛、青运会、全运会、亚运会、世界大学生运动会、世界杯、世锦赛、奥运会等国内外各重大赛事中,获得725枚奖牌,其中金牌352枚,银牌228枚,铜牌145枚。明明可以拿成绩来炫耀,偏偏低调得不像话。难得看到清华大学官网推送杨倩夺首金的消息,高静半天回不过神来。莫非清华大学要一改往日的行事风格了?再一想,这次参加东京奥运会除了杨倩,还有一位清华学子史梦瑶。她是经管学院2017级本科生,在女子50米步枪3种姿势项目中,4场选拔赛获得3场冠军,以230分位列积分榜第1名,代表中国参加东京奥运会女子50米三姿决赛。之前考虑到清华射击队从不做任何宣传,两位清华学子要去参加奥运会,队里也没动静,直到两个人临出发的前一天,还是在她的提议下,队里做了两张大海报。今天看到杨倩得了首金,大家都非常高兴,高静带着全队的人到外面吃了一餐饭,表示庆祝。

7月27日,在10米气步枪混合团体赛决赛中,杨倩和杨皓然组成的"杨杨组合"与美国的塔克/科泽尼斯基组合狭路相逢,他们在资格赛阶段分列第一和第二位。

决赛第1组,中国组合20.8环,以0.1环优势险胜拿下2分。第2组,美国组合打出20.6环获胜,追成2比2平。第三组,杨皓然打出10.9环帮助队伍再次获胜,中国组合4比2领先,接下来的比赛双方各有胜负。

到了关键的第11组,杨倩稳住气息,打出了一个10.8环,杨皓然打出10.5环,中国组合和美国组合打成平手。而第12组,杨倩又打出一个稳稳的10.8环,杨皓然则射出10.7环,中国队以13比11领先。两人的这一枪可谓是奠定了最后胜利的基石。

第13组,杨倩和杨皓然都打出10.4环,他们以0.1环优势险胜,15比11,中国组合拿到赛点,而美国组合随后挽救了一个赛点,以13比15落后。在接下来的一组中,杨皓然打出10.7环,杨倩打出10.4环,中国组合以21.1环获胜,17比13,

中国组合夺得冠军。杨倩也因此收获了个人在本次奥运赛场上的第二枚金牌,她不知道自己在无意中创造了一个历史——成为中国奥运史上首位在同届奥运会上,夺得两块金牌的射击运动员。而在这之前,有五位射击名将获得过两块奥运金牌,他们分别是王义夫、杨凌、杜丽、庞伟和郭文珺,但他们都不是同一届获得。

同时,杨倩更是创造了浙江体育和宁波体育的历史,让这一刻永远载入史册。

通过电视直播全程观看了这场比赛的宁波市体育局党组书记、局长张霓难掩内心的激动,她说:"杨倩夺得两金,创造了浙江体育和宁波体育新的历史。每一块金牌都来之不易,都是沉甸甸的汗水和付出。杨倩作为本届奥运会中国代表队首位独揽两金的'00后'选手,在东京奥运会的赛场上,赛出了中国年轻一代的风采,为宁波、为浙江、为中国赢得了巨大的荣誉。杨倩再次夺冠,充分展示了新时代宁波体育健儿使命在肩、奋斗有我的精神风貌,将鼓舞我们体育人在宁波共同富裕示范区建设中作出新的更大的贡献!"

杨倩的家乡杨家弄村的文化礼堂再次成为沸腾的海洋,欢呼声、掌声、鞭炮声响成一片。

奥运领奖台上,21岁的杨倩以美丽温婉的形象闪耀东京,让全世界见识了中国"00后"不一样的风姿。

第二十一章 从奥运走向全运

扭转乾坤的一枪

让你从寂寂到"顶流"

繁花似锦的名利场

年轻姑娘的目光遥望前路漫长

7月28日,杨倩结束东京奥运会之行,随同中国射击队部分成员从日本东京成田机场出发回国。在机场,杨倩被乘客认出,获得阵阵掌声。在飞机上,机组人员纷纷来找杨倩合影。

7月29日,杨倩在社交媒体上发布了照片,她穿着简洁的运动装,开始隔离生活。隔离前7天她只能在房间里待着,之后可以去靶场训练,待隔离结束后她将回到省队备战全运会。不过即使只能待在房间里,杨倩也不忘每天锻炼。这个时候,她最想念的还是母亲做的油焖大虾。为了备战奥运会,不受外界影响,在很长一段时间里,她都没怎么跟父母联系。现在好了,可以和他们天天打视频电话,只有在父母面前,她依然还是那个会撒娇的小姑娘。

奥运会上扭转乾坤的一枪,让杨倩迅速进入公众视野,她敏感地意识到,自己的生活可能会因为这次奥运会夺冠而发生很大变化。她的新浪微博、抖音粉丝暴涨,她的一举一动得到了从未有过的强烈关注。昔日很平常的小事,会在网上被无限放大。各种采访,各级媒体的报道,让年轻的她第一次感受到"名人"不是那么好当的,一向大大咧咧的她,渐渐变得谨慎起来。

同样受到"人红"困扰的还有杨利成和施安方,每天要应对各路争相前来采访的媒体,很是疲惫。以前在家里,施安方很少关大门,农村不像城里,城里人与人之间很陌生,在农村大家都很熟,随时可以串门。自从杨倩得了两块金牌后,施安方再也不敢随便开大门,因为家门口突然多了许多陌生人,拿着手机各种拍,有的还搞起了直播。有一次,施安方在午休,竟然有人动用无人机对着她房间的窗户拍,让她很生气。她不堪其扰,只好出去躲了几天。为此,杨家弄村委特意通知村民,请他们不要随意带陌生人到杨倩家去。

8月20日下午,结束隔离的杨倩参加了清华大学为她和史梦瑶举办的东京奥运会凯旋欢迎会。清华大学副校长、射击队领队杨斌,校党委副书记过勇,校务委员会副主任、校体委主任史宗恺出席会议,国际射联副主席、射击队指导顾问王义夫线上参会,清华大学射击队总教练张秋萍参加会议。

欢迎会开始了。

主持会议的是学生部部长、武装部部长、国防教育与人才培养办公室主任白本锋。

"下面请杨斌副校长代表学校讲话。"

"我代表学校向杨倩、史梦瑶两位奥运健儿重返清华、回归校园生活表示热烈的欢迎,也祝贺两位运动员、祝贺清华大学射击队能够用出色的表现在东京奥运会赛场上为国、为校增光添彩。两位同学不仅在体育竞技上取得了优异的成绩,她们昂扬向上的精神风貌更是清华精神、体育精神和时代精神的最好体现。清华大学有着优良的体育传统,在多年摸索中逐渐形成了一条成熟的'体教融合'特色培养之路,本次奥运赛场上清华学子用优异成绩告诉我们,清华要坚定不移地沿着这条道路走下去,继续着力打造'体教融合'的清华模式,为国家体育人才培养做出有益探索,努力在高等教育中发挥旗帜作用、标杆作用。最后,希望杨倩、史梦瑶与清华射击队的教练、队员未来能与校内师生积极分享交流此次东京奥运会的参赛经历与宝贵经验,让这种超越射击、超越体育的团结向上、奋勇拼搏、自强不息的精神力量感染更多清华学子,让奥林匹克精神与清华精神在园子里不断延续。"杨斌说。

会上,杨倩和史梦瑶分别发言。

其中杨倩分享了她备战、参战东京奥运会,为中国代表队赢得两枚金牌的难忘经历。她在发言中对校领导与射击队教练们一直以来的关心和支持表示感谢,她说:"这些关心与支持赋予了我非常强大的精神力量,为我的训练生活也增添了无穷的动力和信心,也促使了我最终能够在奥运会中取得优秀的成绩。我始终记得自己是一名清华大学的学生,我是'体教融合'的受益者,清华带给了我全方位的发展,清华精神激励着我不断成长进步,赋予了我备战奥运比赛的强大精神力量。作为清华体育人,今后我一定会恪守初心,砥砺前行,认真学习,刻苦训练,为清华、为祖国争得更多荣誉,为我国的体育事业作出自己应有的贡献!"

对于杨倩的成功,清华大学射击队总教练张秋萍非常开心,她介绍了清华大学射击队发展具有清华特色的"体教融合"之路的经验与探索。"射击队的运动员通过大学的系统教育,不仅能获得文化知识,更能开阔视野、陶冶情操,具有丰富的思想。"张秋萍说,"我们常说功夫在枪外,名为练枪,实为练人。"学习服务训练,训练促进学习,"体教融合"在清华体育代表队、清华射击队的试验探索出了一条培养德智体美劳全面发展人才的成功之路。

接着,清华大学射击队步枪教练高静回顾了杨倩在清华射击队多年来的成长与蜕变。与会师生纷纷在交流中向杨倩、史梦瑶与射击队获得的优异成绩表示祝贺。

会后,杨倩将自己的东京奥运会领奖服与东京奥运会吉祥物赠予学校,杨斌、过勇、史宗恺代表学校回赠清华大学110周年校庆纪念品。

9月13日,第十四届全运会射击比赛步手枪项目正式拉开帷幕,比赛在长安常宁生态体育训练比赛基地举行,来自全国各省区市及前卫体协代表队的347名男、女运动员参加,为期6天。

本次全运会射击(步手枪)项目设的男子项目有50米步枪3种姿势、10米气步枪、25米手枪速射、10米气手枪、10米气步枪团体和10米气手枪团体,女子项目有50米步枪3种姿势、10米气步枪、25米手枪速射、10米气手枪和10米气步枪团体,混合项目有10米气手枪混合团体和10米气步枪混合团体。杨倩报名参加的是10米气步枪混合团体、女子10米气步枪团体和女子10米气步枪个人三个项目。

9月13日下午,杨倩迎来了她的全运会首秀。第一个项目就是在奥运会上与杨皓然合作夺金的10米气步枪混合团体。这次两位奥运冠军选手继续合作,组成了浙江+河北联合一队。在资格赛中,"杨杨组合"稳扎稳打,以421.5环位列第一,顺利进入到了决赛。浙江二队选手王芝琳和王岳丰组合以419.7环名列第二,决赛就在这两对组合之间展开,先获得16分获胜。

比赛开始了。"杨杨组合"先声夺人拿下6分,6比0,给浙江二队一个下马威。

浙江二队的教练赶紧叫了暂停,走上前在两位运动员耳边低语之后效果显著。

第四、第五枪,浙江二队连得4分。第八枪结束后,8比8,两队战平。第九枪结束后,双方各得1分,再次战平。

第十一枪结束后,浙江二队再次将比分追平,11比11。

接下去,经过奥运会洗礼的"杨杨组合"发挥稳定,杨倩在最后一枪打出了10.8环的高分,最终"杨杨组合"以17比13成功夺得全运会该项目的冠军。

这场比赛,杨倩对自己的表现还比较满意。在隔离期间,

第二十一章

杨倩已想过接下去在全运会上怎么打,毕竟参加奥运会之前,她还没什么知名度,最多也就圈内人知道,圈外人并不知晓。可自从夺了首金后,那就完全不一样了。那么多关注的目光让她有了从未有过的压力。不可否认,她的内心更加渴望成功,害怕失败。转念,她又很快意识到这样的心态不利于比赛。到省里恢复训练时,她加强了心理建设,告诉自己,尽己所能,努力发挥好。倘若没有打好,只要把应有的水平发挥出来就行,在乎名次,但也不要太在乎,要多关注自己,只要对得起自己的努力,问心无愧就好。

虞利华也怕杨倩思想包袱太重,对她说:"射击场上没有人可以当常胜将军,输赢都很正常,不要给自己太大压力。"

他知道,全运会的难度一点儿不比奥运会小,大家技术水平都相差不大,队友之间彼此也都很了解,再加上杨倩从东京回来后,面对突如其来的巨大荣誉,再怎么进行思想建设,心绪难免会有波动,怎么说她也只是一个21岁的年轻姑娘,各种采访、活动等对她都是干扰。

施安方同样做好了杨倩在全运会上无法再次夺金的思想准备,她让杨倩只管打自己的,无论取得什么成绩,都是她最棒的女儿。

现在第一块金牌拿到手,杨倩不敢松懈,接下去还有两场比赛在等着她。

这次全运会,杨倩除了参加比赛外,她还有一个无比光荣的任务,当火炬手,第六棒,点燃全运会的主火炬,这是她万万没有想到的荣耀。

全运会主会场共有六位火炬手,依照出场顺序,分别是——第一棒:男子60米、100米亚洲纪录保持者苏炳添,第二棒:东京奥运会两枚游泳金牌获得者张雨霏,第三棒:北京奥运会、伦敦奥运会跳水冠军秦凯,第四棒:北京奥运会、伦敦奥运会女子10米气手枪金牌获得者郭文珺,第五棒:东京奥运会参赛运动员中唯一的"大满贯"获得者马龙,第六棒:火炬传递最后一棒,由杨倩担任。

9月15日晚上,第十四届全运会开幕式在西安奥体中心体育场盛大举行。当主持人用铿锵有力的声音说道:"火炬传到'00后'女子气步枪运动员杨倩手中。"扎着马尾,穿着一身运动装的杨倩一只手高举火炬跑过来,另一只手不停地向现场观众挥手致意。

"她以创奥运会纪录的成绩,获得了东京奥运会的首枚金牌。今晚,她将带着我们共同的希望和梦想点燃主火炬。"

伴随着主持人的声音,杨倩走向主火炬台,点燃了全运会的主火炬。

点火装置与主火炬塔"复兴之火"形成同心圆,采自中国革命圣地延安宝塔山的圣火汇聚升腾。

炽热辉煌的复兴之火映照在我们的眼中,燃烧在我们的心底。

现场一次次响起了雷鸣般的掌声。

这一刻,杨倩用严肃的神情,抑制住内心的激动,丝毫不怯场的她再次成为万众瞩目的焦点。

这一天,对杨倩来说太特别了。不仅仅是因为当了一回火炬手,点燃了全运会的主火炬,更是因为这一天,习总书记亲切接见了东京奥运会中国体育代表团运动员和教练员代表等,并与他们合影留念。

第二天凌晨,难抑兴奋之情,杨倩向家乡人民发来了她连夜录制的视频,她在视频中说:"习总书记接见我,让我备受鼓舞,这是我生命中最难忘的一天。第十四届全运会是我首次参与全运会,特别荣幸成为点燃主火炬的火炬手。这是我没有想到的,我只是一名普通的运动员,做了应该做的事,却收获这么多荣誉和褒奖,今后我将牢记总书记亲切教导,加倍努力,以实际行动感谢祖国培养和人民哺育,做更好的自己,回报家乡,回报祖国。"

9月17日,全运会女子10米气步枪开赛。

当天的资格赛共有81名选手参赛,排名前八的选手晋级决赛。王芝琳在资格赛中发挥稳定,以总成绩634.4环创全国纪录,排名第一挺进决赛。杨倩以631环排名并列第五,顺利晋级。而另一位参加了东京奥运会的选手王璐瑶发挥不佳,仅排第21位,无缘决赛。

决赛中,奖牌争夺战在章天琪、王芝琳和杨倩之间展开。章天琪与王芝琳的状态火热,10.8环、10.9环,这样的高分不断出现。打最后一枪前,王芝琳领先章天琪仅0.1环。最终,王芝琳顶住压力以253.3环的总成绩夺冠,章天琪以252.8环获得亚军,杨倩以230.9环获得铜牌。

比赛结束,杨倩从混合采访区走过,一句话未说,拿起一瓶矿泉水猛喝,两口就把一瓶矿泉水给喝完了,从这个小动作可以看出她当时复杂的心情。她确实太想拿这块个人金牌了,今天这个成绩实属正常发挥,只是她的对手们打得太好了。虽很遗憾,但也没有办法,她只有尽快调整好心态,迎接第三场比赛。

对此,虞利华很感叹,他说:"在以往全国女子10米气步枪比赛中,60发子弹,打629环多点就可以成为冠军,但现在这个成绩连资格赛也进不去了。今天杨倩打了631环,只能位列资格赛第五名。浙江17岁小将王芝琳排名第一,以634.4环创造了新的全国纪录。今天运动员发挥得真是太好了,资格赛水平高,决赛水平也高。"

"全运会每次都有新人冒出,他们没有心理压力,会不断打出好成绩,而且是越打越兴奋,越兴奋成绩越好的那种。"虞利华点赞杨倩顶住了压力,经受住了考验,"她今天算是发挥得不错了。大家都对她期待很高,她自己也非常想打好,在多重压力下,最终拿到一枚奖牌,已经很好了。"

事后,虞利华给杨倩发信息,表扬加鼓励,让她继续打好最后一场比赛。

9月18日,第十四届全运会射击比赛迎来最后一个比赛日,在长安常宁生态体育训练比赛基地打响了女子10米气步枪团体赛。

女子10米气步枪团体并非奥运会项目,但全运会的比拼同样激烈,8支队伍参与角逐,每队有3名选手参赛。资格赛排名第3名、第4名的队伍进行铜牌争夺赛,资格赛排名前两名的队伍进行金牌争夺赛。

浙江队派出了奥运冠军杨倩、新科女子10米气步枪全运会冠军王芝琳以及韩佳予参赛,从资格赛开始,浙江队便展现出强劲的实力,以630.1环排在首位,晋级金牌赛。

按照规则,金牌赛比拼团队成绩,每轮比赛过后,两队比较3名队员的总环数,领先者获得2分,平环各得1分,最先获得16分的队伍夺冠。由于辽宁队在报录时迟到,首轮成绩被扣除2环,浙江队以2比0领先。

随后的较量没有太大悬念,6轮比赛过后,浙江队以12比0领先,尽管辽宁队在第7轮、第8轮连扳4分,但杨倩、王芝琳在最后两轮发挥抢眼,让浙江队以16比4的绝对优势锁定胜局。

至此,第十四届全运会10米气步枪的比赛全部结束,浙江队成为最大赢家,17岁的小将王芝琳斩获2金1银,杨倩收获2金1铜。

第二十二章 未来可期

成绩属于过去

你按下那个归零的按键

踏上新的征程

去创造属于你的未来传奇

9月18日,获得全运会射击女子10米气步枪团体金牌后,杨倩结束了全运会比赛任务。对自己在这次全运会上的表现,杨倩有满意有遗憾,总体上她认为还是发挥出了现阶段的训练水平。当记者问她:"奥运赛场跟全国赛场,你觉得最大的区别是什么?"

杨倩说:"我觉得没有什么特别大的区别,整个带给我的一个紧张感都差不多。对我来说,这是一个非常好的经历,为将来的比赛积累一些经验。这次不论是10米气步枪混合团体赛的搭档还是女子10米气步枪团体赛的搭档,大家互相都非常信任,而通过比赛,看到队友们的优秀发挥,我有许多地方要向他们学习。我和射击之间的关系更像是双方在互相促进。是射击成就了我,因此我也会尽自己所能对我的射击事业负责。"

在记者提及9月15日受习总书记接见,从合影中可以看出,她离总书记很近,她当时的心情怎样?杨倩表示,这次接见对她来说是一份至高无上的荣耀。当时总书记对她讲,咱们中华儿女多奇志,不爱红装爱武装。她觉得这句话是一种非常好的鼓励,它会促使自己在未来的道路上,不管是在学习还是训练上,都会更加努力刻苦,争取做到最好。

第二十二章

谈到东京奥运会后突如其来的关注度,杨倩很冷静。事实上也确实如此,她并没有变得飘飘然,而是时刻告诫自己要保持初心,走下领奖台,之前的成绩就画上了句号,以归零的心态去面对今后的每一场比赛。

那天,杨倩连夜搭乘航班飞回宁波,于9月19日00:30左右抵达宁波栎社国际机场。

杨倩一走出通道出口,就和母亲施安方来了个深情的拥抱。亲友们向她送上了鲜花,对载誉归来的她,表示热烈欢迎。当鄞州区融媒体中心记者请杨倩对家乡人民说几句话时,杨倩面对镜头说:"非常感谢大家一直以来对我的关心和支持,让我时刻能够感觉到自己背后的力量,这种力量一直默默支撑着我完成一系列的比赛,我觉得我非常荣幸能够得到大家的喜欢。"

在机场,杨倩通过鄞响客户端,向家乡人民送上了中秋祝福:"鄞州的父老乡亲,大家好。我是射击运动员杨倩,感谢大家一如既往对我的关心和支持。值此中秋佳节到来之际,通过鄞响客户端,我祝家乡人民阖家团圆、万事如意。每逢佳节倍思亲,家乡的一草一木始终让我牵挂。我从家乡鄞州走向奥运赛场,家乡人民的支持和鼓励,让我圆了奥运的冠军梦。鄞州魅力四射,历史悠久,充满活力,新时代的鄞州,有着大义当先、开放在先、敢为争先、实干率先的精神,它激励着每一位鄞州人为共同建设美好家园接续努力、顽强拼搏、奋发有为。希望家乡越来越好,家乡人民越过越好,也希望通过自己的继续努力,为祖国争光、为家乡争光。"

由于训练和比赛的缘故,杨倩已经很长时间没有和父母在一起生活了,这次马不停蹄地赶回来,是因为9月19日是爷爷的生日,她想亲自为爷爷唱一首生日快乐歌。再趁这个中秋假期,好好陪陪家人。

9月19日中午,亲朋好友欢聚在杨倩的爷爷奶奶家,为杨倩爷爷庆生贺寿。圆桌上摆满了美味佳肴,插在生日蛋糕上的蜡烛点起来了,听着孙女的歌声,杨倩爷爷手里捏着酒杯,笑得眼睛眯成一条缝。

杨倩是个很重情义的姑娘,无论是对长辈,还是对父母或同辈的表姐妹等,每次回来,她都会给大家带一份小礼物。礼物不在于轻重,而在于心意。她对恩师虞利华非常信赖,有事就会跟他商量,听听他的意见和建议。而虞利华也早把杨倩当成自己的孩子一样,有很多商家想找杨倩代言,受杨倩父母委托,虞利华就兼职"杨倩经纪人"角色,替杨倩把关。

午后,杨倩和父母、虞教练等人坐车来到母校姜山镇茅山小学。现场场面非常热烈,校长、杨倩当年的班主任、同学以及学弟学妹们,还有各路媒体,让杨倩在家乡享受到"全民偶像"的待遇。

参观了一圈昔日的校园,杨倩在会议室和母校师生分享了自己的奥运会和全运会经历,并向学校赠送了一批体育器材。

"杨倩姐姐,你在母校时印象最深的一件事是什么?"

面对小学妹的提问,杨倩回忆起了在母校的点点滴滴:"记得快要离开学校去体校的时候,和老师同学一起在大操场合影,那天刚好下了一场雪,大家在操场上打雪仗、堆雪人的那一幕,至今在我脑海中仍然清晰。"

"杨倩学姐,我是一个小吃货。听说你特别喜欢吃你妈妈做的油焖大虾,那你还有什么喜欢吃的美食?"有一个小学弟抢着问。

杨倩笑着说:"其实我和你一样也是个小吃货,大家喜欢吃的美食,我都挺爱吃的。当然我最喜欢吃的,还是家里妈妈做的饭菜。"

又有人问:"那你吃到油焖大虾了吗?"

杨倩说:"还没有呢,中午餐桌上的虾不止一种,不过没有做油焖大虾。"

回顾奥运会历程,杨倩坦言:"第一次参加奥运会,紧张和压力肯定是有的,但是对我来说,只能控制好自己的思想和情绪,尽可能让自己不被这些影响。"

"到了比赛场上,我尽可能把这些压力抛在脑后,专注地去想怎么样做到最好。把过程完善了,如果有一个很好的过程,必然会有好的结果。在奥运会中取得这个成绩,我个人也是觉得非常自豪和开心。当然,背后离不开家人、教练、老师、朋友、同学等所有人对我的关心和鼓励,正是因为背后有了这样庞大的力量,让我能够在一场场比赛中坚定、踏实地做好自己,发挥出自己应有的水平。"

杨倩说:"我在比赛的时候,从来不会去刻意关注对手们发挥得如何。我只专注做好自身,因为别人打得怎么样,我们是没有办法控制的,我们能够控制的只有自己。只要自己发挥出了应有的水平,我觉得不论这场比赛的结果是输还是赢,至少自己是成功的。"

面对如今潮水般涌来的荣誉与关注,杨倩有她自己的调节方式。她说:"我会告诉自己要时刻保持初心,既然走下了领奖台,这一场比赛就结束了,翻篇了,我会用一个全新的自我去迎接后面的挑战。明年有亚运会,我会按照教练为我制订的一系列训练计划,尽可能在稳定发挥的基础上,提高自己的竞技水平和状态,努力打好今后的每一场比赛。"

杨倩之所以一下子成为焦点,夺得奥运首金是一方面,另一方面是她本人展现出来的青春魅力——可爱的发夹,漂亮的美甲,比心的动作,较高的颜值,让人们发现这位"00后"运动员的形象是如此的健康美丽。

面对用崇拜的目光望着自己的学弟学妹们,杨倩说:"其实我心中也有偶像,年轻人追星,要追给自己带来积极能量的星。我也希望自己能做这样的星,给年轻人带去积极向上的正能量。"她还表示,以后会通过自己的努力,积极承担更多的社会责任。

在母校,杨倩当年的两位班主任向杨倩赠送了一本相册,里面收集了她在校期间学习和参加活动时的一些照片,并送了她两本书,祝贺她从活泼可爱的小姑娘长成为优雅美丽的少女,希望她一直做最好的自己。收到礼物的一刹那,杨倩非常惊喜,翻看着相册,那些已沉淀在记忆深处的美好又在这个初秋的午后冒了出来,在灿烂的阳光下,绽放成一朵朵鲜艳的花。

晚上,当杨倩终于吃到妈妈做的油焖大虾,一脸的满足。而施安方看着女儿,那发自内心的欣慰和骄傲,感染了身边的每一个人,想起女儿唯一一次打过的退堂鼓,自己硬起心肠拒绝,不准她回来,让她好好在体校学习训练,不禁一阵心酸,眼泪又忍不住流下来。有记者问杨倩的奶奶,杨倩得冠军高不高兴?杨倩奶奶立马回了一句,杨倩就算没得冠军,我也很高兴。

陪家人过完中秋节,杨倩又匆匆返回北京去上课。国庆节前,她再次回宁波,成为"鄞州形象推广大使",这是她的一个新的使命,以各种方式为家乡传播正能量。在她眼里,无论是定格时光的宁波博物馆里丰厚的历史文化、清幽的鄞州公园、充满生机的南部商务区,还是鄞州大地上的山水田野、美食特产、民俗风情等,无不彰显着家乡与众不同的活力、实力与魅力。

10月20日,清华"最牛本科生"候选名单公布,杨倩入围。

10月26日,浙江奥运全运健儿凯旋总结表彰大会召开。会上,在东京奥运会、陕西全运会上取得优异成绩的集体和个人被表彰。其中,宁波市体育局荣立集体一等功。杨倩被授予"浙江省劳动模范"。而在8月9日,杨倩等奥运健儿荣获"中国青年五四奖章"。8月11日,经国家体育总局推荐,全国妇联作出决定,授予在第三十二届奥林匹克运动会上取得优异成绩的杨倩等 26 名女运动员"全国三八红旗手"称号。9 月 5 日,中华全国总工会授予杨倩"全国五一劳动奖章"。9 月 16 日,杨倩入选浙江省首批"浙江有礼·文明使者"之一。

11 月 27 日上午,杨倩来到宁波市甬尚慈善(社工)服务中心,在了解了家乡的慈善文化之后,决定捐赠 30 万元设立"华倩"慈善基金,主要用于教育和体育事业的发展。有人问她,为什么取这个名字?她说:"我们都是中华儿女,我又是清华学子,杨倩是我的名字,这个慈善资金就取名为'华倩'"。她的这份担当和赤诚之心,让宁波市慈善总会的同志非常感动。

接着,杨倩又先后被评为 2021 年"最美大学生"、"2021 北京榜样",并获得了清华大学特等奖学金。

面对鲜花、掌声与一个个荣誉,杨倩并没有迷失方向,她很清醒地明白,成绩只属于过去,未来怎样,取决于她能不能脚踏实地走好每一步。她始终牢记刚进体校时,虞利华教练跟她说过的一句话,机会永远是留给有准备的人。她庆幸自己在运动生涯中遇到了好老师,他们教会她打枪,更重要的是教她在面对困难的时候,要坚定不移,迎难而上,挑战自己,挑战极限。因为金牌是有价值的,但是永不言败的精神是无价的。

在接下来的日子里,杨倩一边要抓紧时间把落下的功课补上,一边要严格执行教练为她制订的训练计划。东京奥运会带来的荣耀随着时间的推移必将散去,她唯有做更好的自己,才能抵达未来人生的一个又一个高峰……

代　后　记　／　那一位名叫杨倩的佛系女孩

我已经很久没有接这么艰巨的写作任务,从确定写杨倩的故事到完成初稿,前后不到两个月时间。任务虽然接了,但我心里忍不住犯难,一位只有21岁的女孩,经历如此单纯,若写报道的话,最多能写几千字吧,现在要写一本书,我该怎么来写呢?

除了内容,还有一个难度,就是奥运会之后是全运会,杨倩实在太忙了,在全运会结束之前,我根本无法联系到她。等她好不容易回宁波,日程又被安排得满满的。最后,还是请虞利华教练帮忙安排,有了两次见面的机会,加起来大概四个多小时,请杨倩在百忙中跟我聊她的成长。通过这两次看似随意的交谈,让我对这位"00后"女孩有了一个非常好的印象。在她身上,我看到了一种远远超越年龄的成熟和理性。更难得的是她的平和,没有傲娇之气,也不浮躁。面对这么多的鲜花、掌声和荣誉,她能稳稳地接住并放下,这一点让我刮目相看。她回北京后,我们就通过微信的方式交流,很愉快。

杨倩的回忆是零碎的。她说在生活中自己是个很佛系的人,以前都不在意成绩,好或不好,没啥感觉。后来被教练"洗脑",认识到身为一名运动员,如果没有为国争光的思想,那是不对的。成绩,是对自我的一种肯定,是付出努力后的检验成果。这样,她总算对成绩上了点心,不过她还是更注重过程,认为只要过程做好了,结果不会太差。任何时候,不要把自己摆得太高,也不要把自己框得太死。

这个年纪,有如此感悟,不简单。我不禁为她点了个赞。

别看杨倩在赛场上沉稳冷静,走下赛场,她是一个性格活泼,很好相处的人,也很幽默。在日常训练和学习中,她喜欢跟朋友互怼,为了使训练更有意思,她会和队友打赌,输的人要为赢的人提供一瓶饮料,或者把枪背回仓库等。她还喜欢看《奔跑吧》《极限挑战》《王牌对王牌》《密室大逃脱》《明星大侦探》等综艺节目。

对于网友把"清华学霸"的标签贴到她身上,杨倩摇头否认,笑称自己是"学渣",她的学习成绩一般,在班级里中游。她坦率承认,对她而言,学校课程还是有一定难度,像微积分、会计学原理、统计学原理等科目,很枯燥,学起来很不轻松。不过杨倩表示会尽可能多学点知识,提高自己各方面的认识和境界,开阔视野。她深知,学习不是一时,而是贯穿一生的事业。平时她喜欢看书,每次出去比赛,行李箱里会放一本书,时不时翻上几页。她觉得这是缓解压力,调节心态的一个很好方式。

杨倩喜欢一切美好的东西,她有一套美甲工具,有空了就给自己的指甲搞一点花样,愉悦心情。她坐在那里,就是一个标准的邻家乖乖女,笑起来的样子特别好看。

从那些碎片化的记忆里,我触摸到了这位女孩身上优秀的品质,她有一颗善良的心,重情义,能吃苦,心性坚韧,健康,积极,阳光,她让我看到了"00后"的担当。她所说的佛系,并非不思进取,而是一种淡然的人生态度,无论成败得失,我自坚守初心。

我去杨倩的家,姜山镇杨家弄村。和杨倩父母聊天,在杨倩的爷爷奶奶家蹭饭。和杨倩妈妈施安方成为朋友,听她讲杨倩小时候的故事。我们在假设,如果杨倩当年没有被虞利华教练选中去宁波体校,现在的她会是什么样的。或许跟她的童年好友钱欣一样,读大学,毕业后找份工作,再找个对象,结婚生子,平平淡淡过一生。而今天的杨倩,因为选择射击而有了很多种可能。我们一起去西林禅寺,看放生池里的乌龟,不知道这只大乌龟是不是杨倩小时候看过的那一只。这么多年过去,小乌龟也该长大了,还和住持照勤法师喝了茶。漫步杨家弄村,看那条静静流淌的小河,眼前浮现出杨倩小时候在河里游泳的样子。走一走那座龙门桥,与21年前施安方那个神秘的梦境做个联结。

村口田野里的稻谷渐渐黄了,杨倩爷爷奶奶家门口的那棵枣树上的枣子也在慢慢变红。在一个秋日的中午,刚蹭完午饭的我和施安方站在那棵枣树下,摘那些累累硕果。临走时,施安方塞了一把刚摘的枣子给我。我用手指抹了一下枣子,就当洗过了,边走边吃,感叹道,真甜。

我去找杨倩的恩师虞利华,听他讲跟杨倩的师徒缘。在2010年12月的那一天,当他走进茅山小学,一双神秘的手轻轻拨动了杨倩的命运车轮。从此,一个普通的农村小女孩走上了另一条人生道路。我能感受到虞利华对杨倩的那种亦父亦师的情感,他真心实意为杨倩的前途考虑,关心她,鼓励她,也一直很看好她。杨倩到北京后,虞利华并没有不闻不问,这些年,他一直关注着杨倩的成长,与杨倩保持着密切的联系。我还以为虞利华只对杨倩特别,后来经了解,才发现虞利华对他的学生都这样,不同学生根据各自的特长被送到不同地方。他不仅在练的时候管,送出去了继续管。被淘汰的学生,他也尽自己的能力帮助其就业。

我找了杨倩的师兄杨晓琦,他现在是虞利华的助教;找了杨倩在宁波体校的好朋友,同门师妹邬佳玲;找了杨倩的师弟,虞利华的儿子虞博文;找了杨倩童年的小伙伴钱欣和杨倩的表姐舒天翔。他们口中的杨倩,一个调皮可爱又灵动大气的小女孩,从时光深处向我款款走来。

我走进茅山小学,寻找杨倩学习过的痕迹。到那里才发现杨云校长是我的校友,我们都毕业于茅山中学。我走进宁波体校,在杨倩当年训练过的射击场馆,第一次见识了10米纸靶的样子,方方正正一小块,还有当年杨倩叠过的子弹壳。邬佳玲说,她和杨倩最喜欢站在23号和24号靶位上,她们常常会先用东西占位。站在那里,我在想象一个10多岁的小姑娘是怎样熬过那段枯燥又艰辛的岁月。我走进宁波体校的展馆,看到了一位位从这里走出去的优秀运动员,这是这所学校累积的底蕴。

我走进鄞州体育局,听鄞州区体育中心副主任虞中其讲鄞州区射击的发展历程。他还记得陪虞利华去茅山小学选人的场景,杨倩去北京读书的学籍也是他去教育局办的。他说,教育局特事特办,非常支持,以后必定要走"体教融合"这条路,在体育方面,鄞州一直走在宁波市其他地区前面。作为鄞州人,我也为鄞州日新月异的变化鼓掌。这次全运会,鄞州收获了7金3银1铜,这是一个很值得骄傲的成绩。

东京奥运会,宁波得了一个"五金城"的响亮称号,从一个侧面也说明了宁波的经济实力。"五金城"不是一日造就,离不开政府的支持,离不开各级体育部门的规划与实施,离不开众多教练员与运动员的辛勤付出,离不开健康生活理念的引领。我们有理由相信,未来的宁波一定会有更多荣耀的时刻,不仅仅是体育领域!

当所有采访工作结束,我已决定从脚下这块土地写起。这看起来好像与主题不符,但一方水土养一方人,杨倩的成功不是凭空而来,她有着坚实的基础。杨倩说,运动员失败是正常的,成功是偶然的。我说,所有个体看似偶然的成功背后,暗藏必然的伏笔。作为土生土长的鄞州人,杨倩的背后就是这块有着7000年历史文化积淀的土地,这座有着1200年岁月风云的城市。

那就让我从河姆渡开始写起吧,这是一种追寻和回望。请允许我用自己的方式,对这座城市的精神脉络作一次粗浅的梳理。让我们在认识杨倩的同时,对自己的家乡多一些了解。我想,写奥运冠军杨倩的目的,并不是为这位21岁的年轻女孩著书立传,而是学习她在年少的时候,就能十年如一日地坚持走在这条寂寞的竞技路上;学习她不怕困难,艰苦训练,坚守初心,为国争光的坚定信念。这信念,与新时代鄞州"大义当先、开放在先、敢为争先、实干率先"的"四先"精神相吻合,又契合"知行合一、知难而进、知书达礼、知恩图报"的"四知"宁波精神。

这就是源头,是这座城市的思想品质与精神风貌。时光流转,唯有精神长存于世。

最后,让我道一声感谢吧!

感谢鄞州区文联、姜山镇政府对我的信任,感谢宁波市体育局、鄞州区体育局、宁波体育运动学校、姜山镇茅山小学各位领导对我工作的大力支持,感谢所有接受我采访的各位朋友对我的包容,感谢虞利华教练不厌其烦,一次次解答我的疑问,感谢杨倩和她的父母,从他们身上,我学到了很多东西。

写到这里,我突然想起第一次采访杨倩的那个夜晚,当我走出酒店,时间刚好指向午夜0点。我叫了一辆出租车回家,一路过去,看到这座城市午夜的模样,安静中带着蓄势待发的力量。

原来,这就是我热爱的宁波!

天涯　2021年12月2日定稿于宁波

图书在版编目(CIP)数据

一"击"惊人:奥运射击冠军杨倩/天涯著. -- 宁波:宁波出版社, 2022.4(2022.5重印)
ISBN 978-7-5526-4511-8

Ⅰ.①一… Ⅱ.①天… Ⅲ.①报告文学-中国-当代 Ⅳ.①I25

中国版本图书馆CIP数据核字(2022)第024238号

一"击"惊人:奥运射击冠军杨倩
YI JI JINGREN AOYUN SHEJI GUANJUN YANGQIAN

天 涯 著

出版发行	宁波出版社
地址邮编	宁波市甬江大道1号宁波书城8号楼6楼　315040
网　　址	http://www.nbcbs.com
责任编辑	詹李芳
责任校对	徐　敏
装帧设计	金字斋
印　　刷	宁波白云印刷有限公司
开　　本	889mm×1194mm　1/32
印　　张	7.375
字　　数	200千
版　　次	2022年4月第1版
印　　次	2022年5月第2次印刷
标准书号	ISBN 978-7-5526-4511-8
定　　价	68.00元

如发现缺页或倒装,影响阅读,请与印刷厂联系调换
电话:0574-83875165